Ricardo Almeida

UNOGWAJA

Título	**UNOGWAJA**
Autor	**Ricardo Almeida**
Revisora	**Simone Zac**
Foto de Capa	**Phumzile Malotan**
Capa	**Silvia Abolafio**
Projeto Gráfico e Editoração	**Cia. de Desenho**
Ano da Publicação	**2018**
Número da Edição	**primeira**
ISBN	**978-85-69840-08-4**
Produção	**Clube Select**
Leitura Crítica	**Susanna Florissi**
Endereço	**Rua Otto Boehm, 48 Sala 8, América**
Cidade / Estado	**Joinville SC**
Site	**www.clubeselect.com.br**

Dados Internacionais de Catalogação na Publicação (CIP)
(Câmara Brasileira do Livro, SP, Brasil)

18-13483

Almeida, Ricardo
Unogwaja / Ricardo Almeida. -- 1. ed. -- Joinville, SC : Clube de Autores, 2018.

Vários colaboradores.
ISBN 978-85-69840-08-4

1. Almeida, Ricardo 2. Comrades Maratona - História 3. Corrida a pé 4. Maratonas (Corridas) 5. Mudança de vida 6. Realização pessoal I. Título.

1. Maratona : Corridas : Esportes 796.425

CDD-796.425

Este livro contou com o fundamental apoio das seguintes pessoas:

Nato Amaral, *Embaixador da Comrades do Brasil, duas vezes Unogwaja e um dos meus heróis pessoais*

John McInroy, *Fundador do Unogwaja e responsável por me conectar com as mais diversas fontes desta incrível história real*

Biddy Masterton-Smith, *irmã de Phil Masterton-Smith, cuja memória quase centenária mostrou-se mais lúcida que muitos dos documentos que encontrei pelo caminho*

Tisha e **Gill Masterton-Smith**, *sobrinhas de Phil, que me auxiliaram tremendamente no árduo trabalho de redescoberta de um passado tão fantástico*

Roy Feinson, *filho de Sidney Feinson, que me deu valiosíssimas informações sobre a jornada dos soldados de meias vermelhas*

Giuseppe Zucca e **Carlo Zucca**, *filhos de Giovanna Freddi, que se dispuseram a me mostrar, pessoalmente, o berço da história das meias vermelhas*

Susan Podmore, **Judy Wynne-Potts**, **Rosemary Allin** e **Keith Richardson**, *pelas pistas valiosíssimas que me deram ao longo da investigação que originou esta obra*

WP van Zyl, **Ian Symmons** e **Stoff**, *que se dispuseram a compartilhar suas histórias tão ricas*

Mário Mendes Jr., *que apoiou a causa vinculada a este livro com uma generosidade equiparável apenas ao amor que nós dois nutrimos pela África*

Luciano Focá, **Marcelo Ortiz** e toda a equipe da **BR Esportes**, responsáveis por coordenar todo o meu treinamento rumo ao Unogwaja

Susanna Florissi, minha guia pelo mundo editorial, e **Sílvia Abolafio**, que vive da sagrada arte de transformar páginas em livros

Minha esposa, **Ana Lia**, que me apoiou tão intensamente tanto no processo de escrita deste livro quanto no pesadíssimo treinamento necessário à minha jornada pessoal do Unogwaja; minhas filhas, **Isabela** e **Alice**, inspirações máximas para tudo o que faço em minha vida; e toda a minha família: minha mãe, **Lêda**, meu pai, **Carlos**, meu padrasto, **Folco**, minha madrasta, **Cris**, meu irmão, **Rodrigo**, minha cunhada, **Cinthia**, meu sobrinho, **Rafa**, meus tios e sogros **Lia** e **Alberto**, por me fazerem ser - em todos os sentidos

Os apoiadores deste livro e deste projeto como um todo:

Luciana Alcalá
Thiago Augustini
Gislene Fernandes Calligais
Márcio Barbosa
Gabriel Moraes
Álvaro Reis
Cesar Moro
Rogério Augusto Ferreira
Andrea Cruz
Dionísio Silvestre
Dario Azevedo
Ana Paula Dias de Souza Coelho

João Andrade
Carlos Augusto Leite
Gonçalo Benício de Melo Neto
Marco Aurélio Lopes Nogueira
Tadeu Guglielmo
Ana Flávia Krisam Rodrigues Matielli
Paulo Cristiano Almeida dos Santos
Sérgio Garcia
Ricardo Nishizaki
Maria Eliane Bezerra da Silva
Eduardo Lins Henrique
Flávio Mizukawa
Marcelo Cintas
Cláudia Soranço
Sérgio Anjos
Denise Amaral
Sergio Garcia
David Lopes
Gracco Lopes
Maria Silva
Isabel Marques de Sá
José de Sá

"A vida não existe para ser preservada, protegida: ela existe apenas para ser explorada, para ser vivida até o limite."

Kilian Jornet, ultramaratonista e montanhista, dono do melhor tempo de escalada do Everest sem oxigênio ou cordas – dezessete horas – obtido apenas cinco dias depois de o recorde anterior, de vinte e seis horas, ter sido estabelecido. Por ele mesmo.

Baseado em fatos reais.

UNOGWAJA

DIA	ROTA	KM
Dia 1	Cidade do Cabo – Robertson	+/- 205 km
Dia 2	Robertson – Calitzdorp	+/- 213km
Dia 3	Calitzdorp – Willowmore	+/- 198km
Dia 4	Willowmore – Graaff-Reinet	+/- 172km
Dia 5	Graaff-Reinet – Cradock	+/- 139 km
Dia 6	Cradock – Lady Frere	+/- 200km
Dia 7	Lady Frere – Maclear	+/- 146km
Dia 8	Maclear – Kokstad	+/- 200km
Dia 9	Kokstad – Richmond	+/- 149km
Dia 10	Richmond – Pietermaritzburg	+/- 35 km
Dia 11	Comrades Marathon	89 km

África do Sul

Upington

Beaufort West

Willowmore
Calitzdorp
Cidade do Cabo
Robertson
Oudtshoorn
George
Hermanus
Mossel Bay

Welkom

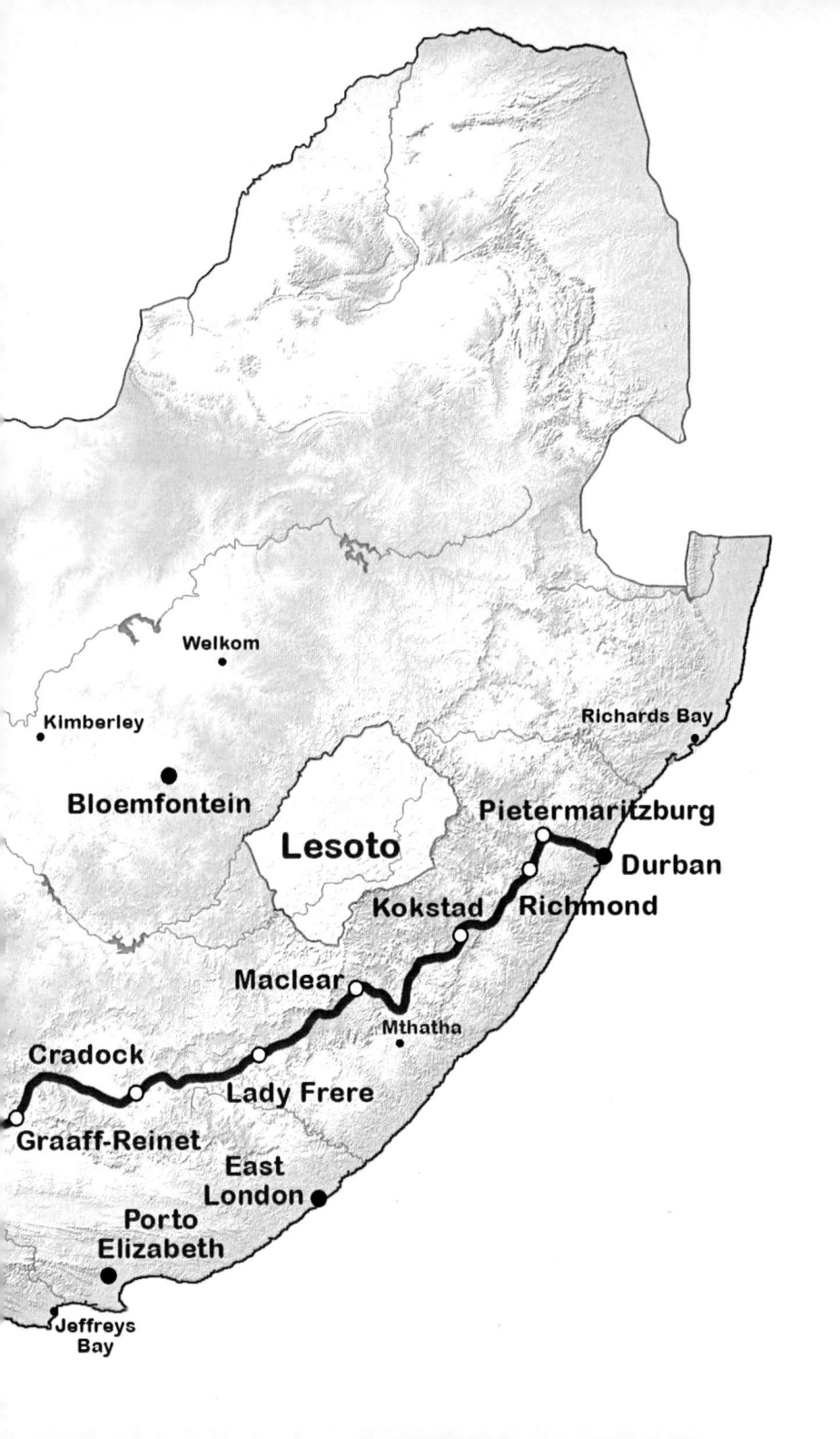

Kimberley

Bloemfontein

Lesoto

Pietermaritzburg

Richards Bay

Durban

Kokstad

Richmond

Maclear

Mthatha

Cradock

Lady Frere

Graaff-Reinet

East London

Porto Elizabeth

Jeffreys Bay

Comrade

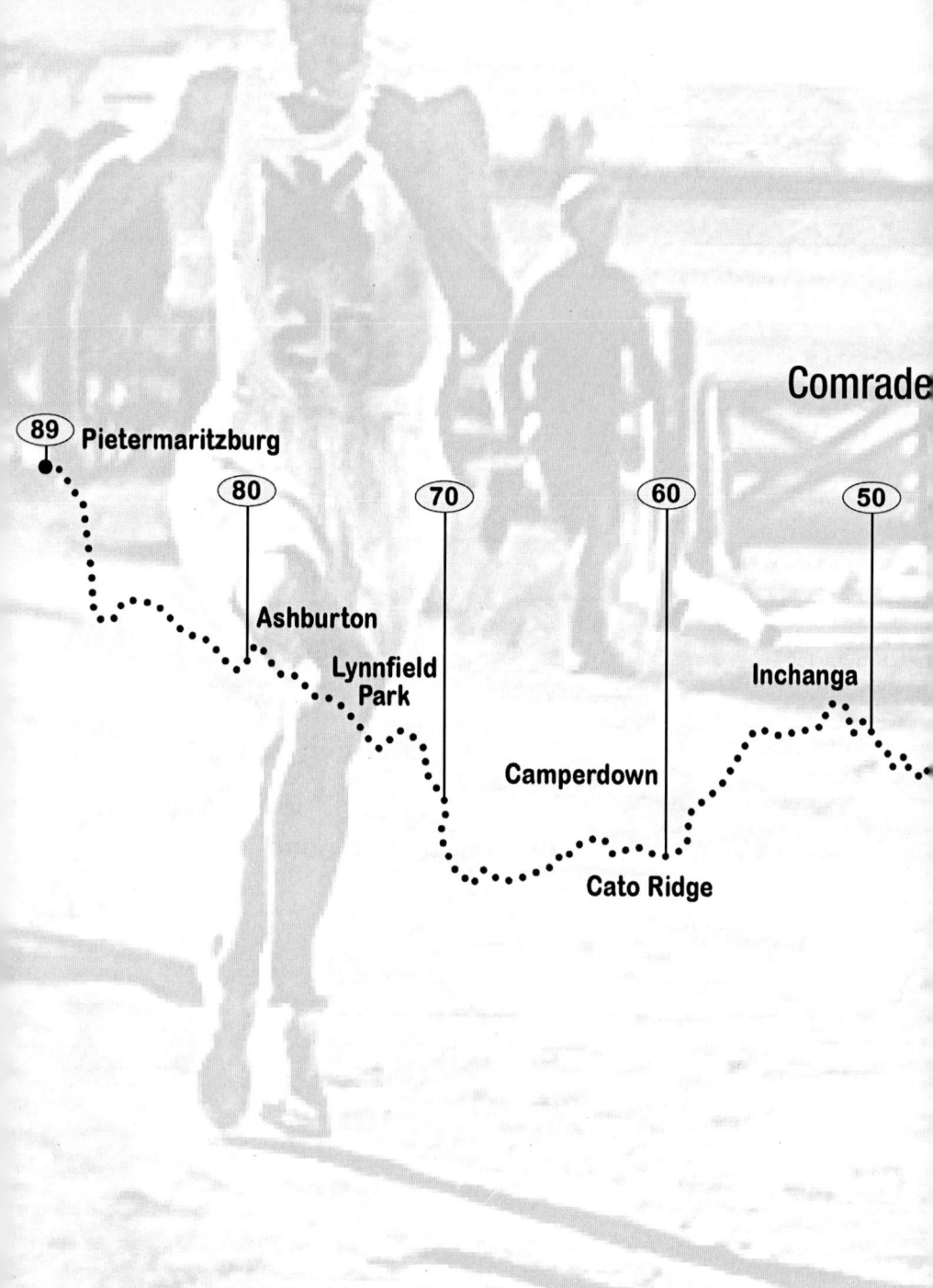

- 89 Pietermaritzburg
- 80 Ashburton
- 70 Lynnfield Park
- 60 Camperdown / Cato Ridge
- 50 Inchanga

arathon

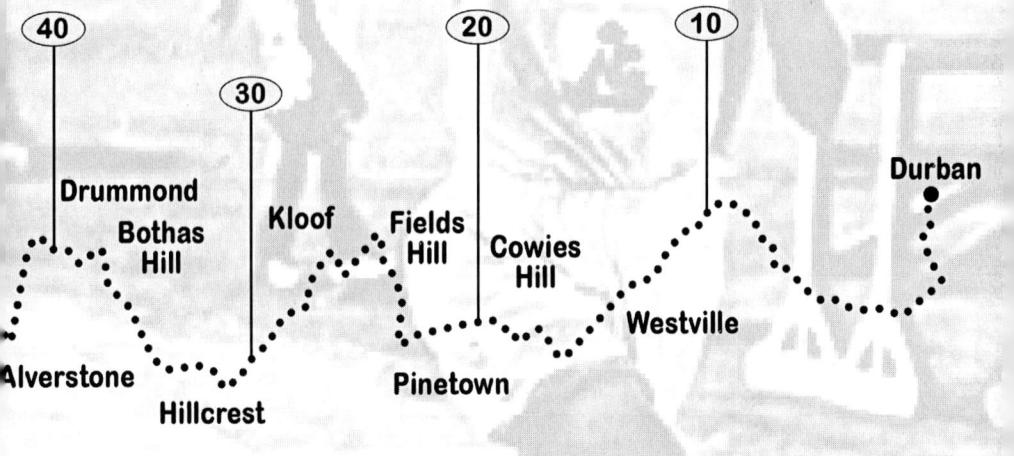

- 40 Drummond
- Bothas Hill
- 30 Kloof
- Fields Hill
- 20 Cowies Hill
- 10 Westville
- Durban
- Alverstone
- Hillcrest
- Pinetown

PRÓLOGO:
Sul da África, entre os séculos XIX e XX

Não havia sequer uma vaga noção de país.

Havia uma terra virgem, selvagem, criadora absolutista de suas próprias leis. Havia tribos nativas poderosas como os zulus, ao leste, e os xhosas, um pouco mais ao oeste. Havia leões, elefantes, leopardos, búfalos e rinocerontes singrando o continente como seus donos incontestes.

Havia agricultores descendentes de holandeses, os bôeres (ou afrikaners), que rapidamente aprenderam que, por aquelas bandas, armas mandavam mais que canetas e papéis.

Havia ingleses tentando manter a duras penas um império que circundava o globo.

Havia ouro e diamante, ainda em quantidade inimaginável, brotando de um solo duro, seco, quase ácido de tão repressor.

Havia malária, febre amarela e doenças ainda desconhecidas do mundo dito civilizado.

Havia o mais absoluto caos.

Esse caos viu nascer e morrer três repúblicas bôeres independentes – o Transvaal, a Natália e o Orange Free State – todas cercando a colônia britânica do Cabo, uma pérola protegida pelo Cabo da Boa Esperança de um lado e pela majestosa Table Mountain do outro.

Esse caos viu escoarem rios de sangue de bantus, zulus, basothos, xhosas, ndebeles e bapedis em genocídios sem paralelos.

Esse caos viu vinte e dois anos de guerra aberta entre as duas principais etnias brancas da região – os britânicos e os afrikaners – terminarem na consolidação de um país minimamente estável, obediente à coroa inglesa, mas com alguma independência para se autogovernar: a União da África do Sul.

Esse caos viu a violência dentro de suas recém-formadas fronteiras se converter de militaresca a policialesca, com o surgimento das primeiras leis segregacionistas que acabaram semeando o perverso regime do Apartheid.

Esse caos testemunhou, em primeira mão, o surgimento de outro ainda maior: a eclosão da Primeira Guerra Mundial, em 1914, que tinha o mesmo Império Britânico como um dos principais protagonistas.

E, se dezenas de milhares de soldados do império foram recrutados do Canadá à Índia à Austrália para lutar contra os bôeres no passado recente, era hora de a África do Sul ceder os seus à causa britânica.

Era hora de mais guerra.

Era hora de mais sangue.

Era hora de mais morte.

Quase duzentos e cinquenta mil sul-africanos lutaram na Grande Guerra. Quase vinte mil nunca mais voltaram para as suas famílias.

Ao final de 1918, quando a paz finalmente se instalou no tabuleiro mundial, a África do Sul era um país esgotado por tanto derramamento de sangue.

Em 1919, um dos sobreviventes do conflito, o veterano Vic Clapham, se aproximou da Liga dos Camaradas da Grande Guerra – associação fundada com o intuito de apoiar soldados e familiares traumatizados pelas próprias dores – propondo organizar uma corrida entre as cidades de Pietermaritzburg, no interior, e Durban, na costa.

O objetivo: honrar com esforço físico e mental as vidas dos tantos camaradas que pereceram na Grande Guerra.

A distância: aproximadamente noventa quilômetros.

Nos primeiros dois anos, a Liga negou a proposta de Vic, considerando-o apenas mais um dos tantos veteranos loucos que circulavam pela sociedade devastada da época.

No terceiro ano, finalmente, eles se curvaram perante tanta insistência e decidiram sancionar a prova.

Estava oficializada a primeira corrida em homenagem aos camaradas caídos na guerra – a *Comrades Marathon*.

Quarenta e oito atletas se inscreveram na edição inaugural de 24 de maio de 1921. Trinta e quatro efetivamente largaram. Apenas dezesseis cruzaram a linha de chegada.

Era o começo de uma lenda que duraria até os dias de hoje.

Desde então, exceto apenas pelo período de duração da II Guerra Mundial, a *Comrades* se repete todos os anos.

Desde então, ela se metamorfoseou para representar eras fundamentais na transformação de um país e de um continente: foi marco de homenagens a novos heróis caídos nos campos de batalhas, dessa vez na II Guerra Mundial; foi símbolo da luta contra o Apartheid até o fim do regime, já na década de 1990; foi o emblema máximo do próprio conceito de perseverança e superação pessoal.

Hoje, mais de vinte mil corredores de mais de sessenta países largam na *Comrades* todos os anos com o objetivo de completar os seus oitenta e nove quilômetros de percurso.

Oitenta e nove quilômetros.

Não quinze quilômetros, como a São Silvestre, nem quarenta e dois quilômetros, distância oficial de uma maratona.

São oitenta e nove quilômetros: mais de duas maratonas seguidas.

E, todos os anos, vinte mil pessoas – algumas com mais de setenta anos – se dispõem a largar para falar com o corpo o que não cabe em palavras ou gestos.

Algumas correm para cumprir promessas.

Outras aproveitam a exposição internacional para chamar atenção para causas que variam da proteção de espécies em extinção à luta contra o câncer.

Muitas correm em nome de entes queridos que já se foram, preenchendo com o próprio suor o doloroso vácuo deixado pelas suas ausências.

Mas a imensa maioria, de todos os cantos do planeta, corre unicamente para agradecer aos seus Deuses, aos ancestrais ou ao sempre sagrado Acaso pela própria vida.

Não há, no mundo, nenhum outro evento esportivo tão longo – seu tempo-limite é de doze horas, todas transmitidas ao vivo pelo principal canal de TV do país – capaz de reunir tanta gente.

Não há, no mundo, nenhum outro evento que tanto simbolize ideais como superação, força de espírito e, claro, camaradagem.

E é em torno dessa mesma rota de oitenta e nove quilômetros que as histórias deste livro, separadas apenas pelo tempo e pelo espaço, acontecem.

Gazala, Líbia, 5 de junho de 1942

Dizem que sempre vivemos a nossa vida duas vezes: uma em tempo real, enquanto tomamos as decisões do dia a dia e sofremos cada uma das suas consequências, e outra nos segundos que precedem a nossa morte, quando revivemos com intensa singularidade cada um dos nossos instantes sobre a terra.

Herbert Philip Masterton-Smith, soldado de infantaria do Primeiro Regimento Real de Carabineiros de Natal, da União da África do Sul, viu seu fim chegar na forma de um morteiro dirigido diretamente para a sua testa.

Poucos dias antes, na tarde de 26 de maio, duas divisões italianas haviam iniciado um pesadíssimo ataque frontal em Gazala, a oeste do porto de Tobruk, na Líbia – uma das posições mais importantes de todo o norte da África. Se foi um ataque inicial inesperado, o Eixo fez questão de disfarçar-se de absoluta previsibilidade ao mover diversas outras unidades que estavam dispersas pela região no mesmo sentido.

A reação foi óbvia: os Aliados rapidamente se agruparam e se prepararam para a batalha com força total. Em um golpe de mestre, as forças do Eixo esperaram o sol se pôr e, sob o manto da escuridão, deram meia-volta, contornaram todo o flanco inimigo e reapareceram, reforçadas pelas lendárias divisões Panzer do general nazista Erwin Rommel, para subitamente sufocar as posições dos Aliados.

Não seria uma operação fácil para nenhum dos lados: se as forças do Eixo estavam em seu auge, contando com o brilhantismo de um dos maiores estrategistas militares de todos os tempos, os Aliados estavam em posições extremamente fortalecidas, com profundas trincheiras antitanque, mais de cinquenta quilômetros de bunkers de concreto e dezenas de milhares de soldados franceses, britânicos, australianos, indianos e sul-africanos prontos para a guerra.

Seria um inferno!

Nos últimos dias, como se não bastasse o clima escaldante do verão no Saara, a fome e a sede extremas, e o cheiro insuportável de corpos apodrecendo por todos os lados, Phil já havia testemunhado braços e pernas sendo decepados por explosões súbitas, atos de insanidade que só aparecem na guerra e uma abundância inimaginável de urros de desespero e de dor.

O fogo era tão constante que, em alguns momentos, Phil chegava a se esquecer de como era o som do silêncio.

O medo, por sua vez, se estabelecia como status quo da vida dos milhares de soldados a tal ponto que eles sequer pestanejavam antes de se arriscar por camaradas feridos, por bandeiras caídas ou mesmo por maços de cigarro largados no chão.

Não que isso significasse que todos eram desumanamente destemidos, claro. Ao contrário: o desprezo pelo medo era fruto justamente da sua surpreendente, absoluta e aterradora onipresença.

Phil, por exemplo, considerava ter conhecido o medo de verdade – aquele que rouba expressões, exala inéditos odores, arrepia pêlos e descolore peles – apenas no dia em que fora destacado para o front de Gazala. Horas depois de ter pisado no acampamento base da sua tropa, recordava-se, já caminhava ombro a ombro com seus compatriotas, igualmente assustados e calados, até as trincheiras, enquanto viam toda uma fila de combatentes esgotados, mutilados e ensanguentados fazer o caminho da volta.

Duas coisas chamaram mais a sua atenção naqueles intermináveis minutos. Primeiro, o olhar perdido de desespero, de grito contido no silêncio, que se desenhava no rosto de todos os que voltavam; segundo, a constatação de que aqueles pobres miseráveis eram justamente os sortudos, os que haviam, ainda que por enquanto, sobrevivido às incansáveis artilharias inimigas.

"Se eu for abençoado pelo Acaso", pensara Phil naquele primeiro contato com o que ele eventualmente batizou de fila do purgatório,"serei um desses farrapos ambulantes amanhã ou depois".

Desespero, aprendia, transforma em anãs as nossas mais colossais expectativas.

23

De repente, naquele infinito momento em que ele calculava a tão curta distância entre a vida e a morte, um soldado o empurrara mecanicamente para dentro do que seria a sua trincheira. E tudo mudou.

Naquele instante, Phil aprendera que a imaginação só existe quando a realidade permite, e que mesmo o mais arrepiante dos medos desaparece por completo quando o instinto de sobrevivência é invocado.

Naquele instante, Phil conhecera a parte máquina que até então se escondia em algum lugar dentro de si: quase sem piscar, caçava alvo após alvo com o seu fuzil e ceifava vidas nazistas com uma frugalidade espantosamente metronômica.

Naquele instante, o soldado assustado transformara-se em uma máquina de matar. Não que ele tivesse alternativa, claro: na guerra, matar é a única estratégia de sobrevivência.

Seus primeiros momentos de combate, aliás, foram carregados de ações tão intensas que até suas memórias pareciam embaralhar-se em improváveis paralelismos, como se todos os segundos que vivera ali tivessem acontecido ao mesmo tempo, e não cronologicamente.

Recordava-se de olhar para o lado no pedaço de instante em que recarregava seu fuzil e de ver companheiros dispararem um morteiro bem no seio de um agrupamento inimigo. Não conseguira contar os cadáveres, mas teve a certeza de ver dois braços soltos voando para fora. Comemorara sem perder a concentração. Em silêncio.

Recordava-se de atirar na direção de soldados que pareciam correr soltos, desesperados sob o onipresente manto de poeira quente do deserto.

Recordava-se de ter acertado dois e errado três, balançando a cabeça em sinal de reprovação a si mesmo.

Recordava-se de sentir o zumzum de balas soprando rápidas pelo seu ouvido e de escapar por pouco.

Recordava-se de uma súbita bomba ter explodido na trincheira vizinha à sua e de ter contado três companheiros mortos.

Recordava-se da incapacidade de derramar uma única lágrima pelos camaradas. Eram tempos de guerra: tudo o que conseguia pensar era que, em poucas horas, o odor da putrefação se somaria ao cheiro de pólvora, vômito e urina das trincheiras para atormentá-lo mais que qualquer tanque nazista.

Recordava-se de tiros, de bombas, de mortes, de mutilações.

De pescoços de camaradas que espirravam sangue. De balas que atingiam os alvos impossíveis e erravam os fáceis. Do ar que massacrava as narinas. Do suor seco do caldeirão desértico que atrapalhava as miras.

De músculos desafiando dores. De dedos repetindo movimentos minúsculos sobre gatilhos e explodindo efeitos inversamente proporcionais nos peitos dos inimigos.

De almas deixando corpos em forma de gritos.

De gritos impulsionando balas em forma de um tipo estranho, quase monótono, da mais selvagem das iras.

Recordava-se, enfim, de todo esse dia tão impressionante em que conhecera a guerra.

Nunca soube quanto tempo, de fato, ficara ali na sua trincheira durante aquele primeiro dia: lembrava-se apenas de que, depois do que parecera a eternidade do inferno, uma mão o ordenara de volta ao acampamento. Tivera a sorte que encomendara ao Acaso: ao menos daquela vez, faria o caminho de volta como parte da fila do purgatório.

Ao longo da guerra, Phil fez esse caminho outras três vezes.

Em todas elas, ele vivia uma espécie de transformação a cada passo dado na direção oposta às trincheiras: à medida que os estrondos ficavam mais distantes, Phil se metamorfoseava de volta, de máquina em gente, de ser inanimado de batalha em uma pessoa comum com saudades da vida, das suas irmãs mais próximas, Biddy e Jill, das distantes praias de Durban, na costa do Índico. Da sua jornada pela África até a *Comrades*, em 1933. Do silêncio, seu tão amado silêncio.

Da mesma forma, em todos os caminhos de volta às trincheiras, ele se percebia desumanizando-se, transformando-se em uma mera e prática extensão de seu fuzil.

Vida de soldado era assim: um transformar-se instintivo, constante, entre lutar para sobreviver ao presente e sonhar com as lembranças do passado.

Até aquele momento, aliás, quando viu o morteiro inimigo aproximar-se lentamente de sua testa, acompanhado apenas de um impávido assobio, Phil nunca pensara em nada que não fosse atirar e desviar de fogos enquanto estava nas trincheiras.

"A morte vem precedida por uma visão panorâmica da vida", pensou em um microscópico pedaço de instante, enquanto refletia sobre cada um dos seus trinta anos.

Ele sabia que sua hora havia chegado.

De repente, quando fechou os olhos esperando o fim, viu-se catapultado até o abençoado silêncio da sua primeira *Comrades*, quando tinha apenas 18 anos e competia ombro a ombro pela vitória contra um atleta que acabaria se transformando em uma das maiores lendas esportivas sul-africanas: Wally Hayward.

De repente, transportara-se para outra era.

Comrades Marathon, 24 de maio de 1930

A lua ainda brilhava quando, às cinco e quarenta e cinco da manhã, Phil Masterton-Smith se posicionou junto a outros cinquenta e quatro competidores na linha de largada da *Comrades Marathon* em Durban, naquele 24 de maio de 1930, rumo à cidade de Pietermaritzburg. Estar ali, para ele, já era um feito de proporções bíblicas: ele celebrava-se, congratulava-se, sentia-se abraçando a si mesmo enquanto o início não era anunciado.

Estava em êxtase.

Depois do estrondo e da debandada, tudo mudou.

Estava máquina.

No intervalo de menos de um segundo, Phil sentiu o silêncio dominar cada pensamento seu, focou a estrada aberta, apagou cada ruído da pequena multidão que se aglomerava na torcida e canalizou todas as suas energias para as suas pernas.

Não que ele tivesse disparado com agressividade: com perfeita noção da distância a ser digerida, Phil preferiu ser mais conservador e deixou toda uma série de atletas zunirem à sua frente.

Frank Hayes assumiu a dianteira imediatamente. Wally Hayward, outro novato, agarrou, incomodado, o segundo lugar, enquanto C. F. Munnery contentou-se com o terceiro.

Ansioso, Hayward não queria apenas competir: queria vencer por léguas de diferença. Ainda dentro dos limites de Durban, ele disparou na frente e assumiu a liderança impondo um ritmo considerado suicida tanto pelos demais competidores quanto pelos espectadores.

Hayward voou. Em Westville, sua distância para Hayes era de pouco mais de três ou quatro passadas; em Pinetown, já com uma hora e vinte e sete minutos de corrida, essa mesma distância havia crescido para cinco minutos inteiros.

O outro novato, Phil Masterton-Smith, estava a essa altura apenas no décimo sexto lugar – correndo metronomicamente, sem se deixar levar em nenhum momento pelo calor da competição. Estava atrás – mas parecia não se importar nem um pouco com isso.

Com duas horas e vinte e sete minutos de prova, Hayward já cruzava o posto de controle de Hill Crest, no quilômetro trinta e quatro, esbanjando folgados onze minutos de dianteira sobre o novo segundo colocado, Munnery, que, por sua vez, acumulava seis minutos à frente do terceiro, J. Savage. Frank Hayes, aquele que largara em primeiro, já havia desistido da vitória.

Em Botha's Hill – uma das mais íngremes subidas da prova – Hayward continuou ditando um ritmo alucinante, chegando à cidade de Drummond, já na metade do percurso, em três horas e vinte minutos. Não estava apenas rápido: estava a caminho de um recorde.

Atrás dele, no entanto, algo inesperado começava a acontecer: Masterton-Smith, em sua impávida constância, ganhava uma posição atrás da outra. Quando cruzou Drummond, já havia pulado da décima sexta para a sétima colocação.

Enquanto isso, alheio a tudo o que acontecia atrás de si, Hayward começava a sentir nos músculos o cansaço da sua agressividade.

Era a oportunidade pela qual Masterton-Smith mais torcia.

No instante em que ouviu os rumores de que o líder estava sofrendo, ele acelerou seu ritmo pela primeira vez em toda a prova e começou a passar um corredor após outro.

Poucos quilômetros depois, na subida de Inchanga, já se firmava na quinta colocação.

Menos de quatro quilômetros o separavam de Hayward, a quem Masterton-Smith perseguia como se fosse um guepardo.

Hayward, por sua vez, era puro sofrimento: com fortes câimbras, parou duas vezes para ter as pernas massageadas nos postos de Cato Ridge e Camperdown. A cada parada, balançava a cabeça em sinal de reprovação e tentava, sem sucesso, retomar o ritmo da primeira metade da prova. Estava assustado.

Masterton-Smith farejava o temor de Hayward e, de morro em morro, acelerava o ritmo e se esforçava ainda mais para ignorar as dores que também já começava a sentir esfaqueando todo o corpo.

Depois de Umlaas Road, já lutava pelo terceiro lugar.

Minutos depois, já estava isolado no segundo.

A briga agora era, oficialmente, entre os dois novatos: o exaurido Hayward e o ainda confiante Masterton-Smith.

Mas qual dos dois havia seguido a estratégia de prova mais eficaz? O que teria valido mais a pena? Arriscar tudo no início ou poupar-se para um final apoteótico?

Essa dúvida, no entanto, estava restrita aos espectadores: nenhum dos dois líderes pensava em nada além de manter-se à frente ou de ultrapassar seu adversário.

Para eles, ninguém mais existia.

Para eles, nada mais importava.

Hayward sabia que estava perdendo território: seu próprio corpo o denunciava a cada vez que olhava para trás, por cima do ombro, à procura do predador que o perseguia.

Quando Masterton-Smith o enxergou pela primeira vez, percebeu instantaneamente o medo no ar. Acelerou, deliciando-se em pensamento com o sabor da vitória. Estava movido a esperança.

Ouvindo o grito crescente da torcida, Hayward se apavorou ainda mais e, tomado pela adrenalina, tirou dos céus uma energia invisível que o fez acelerar o quanto pôde.

Quanto mais os dois competidores aumentavam suas velocidades, no entanto, mais lentamente o tempo parecia passar.

Segundos viraram minutos. Minutos viraram horas.

Já enxergando a faixa de chegada, Hayward olhou para trás, viu Masterton-Smith e... tropeçou.

No chão, em pânico, sentia sua medalha escorrer pelas mãos nos últimos metros da corrida.

Todos emudeceram.

Masterton-Smith acelerou.

Hayward se reergueu, digladiando-se com a lei da gravidade.

Havia tempo para ambos, tanto presa quanto predador.

A multidão se inflou, incandescida e boquiaberta com a cena.

Mais imensos segundos se passaram. Imensos!

Cada passo parecia ser dado em câmera lenta.

Cada suor parecia pingar oceanos de esforços.

Cada coração parecia bumbar mais alto que os mais estridentes tambores zulus.

Mas o final era inexorável.

Sete horas, vinte e sete minutos e vinte e seis segundos depois da largada, um Wally Hayward exausto, devastado e incrédulo finalmente cruzou a linha de chegada antes de seu feroz rival: sua estratégia havia funcionado. Aos dezoito anos de idade, o novato Phil Masterton-Smith precisaria mesmo se contentar com o segundo lugar.

A distância final entre eles foi de cento e oitenta metros – trinta e sete segundos. Nenhuma outra edição da *Comrades* havia registrado chegada tão apertada até então.

Para Phil, no entanto, aquele segundo lugar que o permitira provar, ainda que por alguns instantes, o sabor da vitória, havia mudado tudo. Era como se, a partir daquele momento, seus sonhos de criança houvessem tomado corpo, pintado o rumo da viabilização, se aproximado da realidade. Ali, ele começava a achar a resposta para uma pergunta que se fazia desde os dez anos de idade, quando presenciara o mítico Bill Rowan cruzar a linha de chegada da primeira edição da corrida, em 1921: como se sente o vencedor de uma prova tão singular quanto a já lendária *Comrades*?

Curiosamente, essa pergunta não projetou seu pensamento para o futuro, para uma próxima edição da corrida no ano seguinte: ela o catapultou diretamente para a sua infância, para uma época em que vitórias eram escassas e que sua vida parecia uma sequência interminável de perdas.

União da África do Sul, entre o começo dos anos 1910 e meados dos anos 1920

Phil Masterton-Smith tinha tudo para se tornar uma daquelas pessoas invisíveis, que chegam e desaparecem da face da terra quase sem deixar vestígios: nascera pobre na minúscula vila de Bergville, a cerca de cento e cinquenta quilômetros da já pequena capital da província de Natal, Pietermaritzburg, e a mais de duzentos quilômetros da costa; sobrevivera por milagre a um surto de difteria que, como sequela, arrancara dele qualquer capacidade de falar em um tom de voz mais alto que um breve sussurro; precisara aprender a se impor em um mundo que tinha a hostilidade como uma espécie de padrão moral.

Para piorar, seus primeiros anos de vida foram marcados por perdas e dificuldades familiares devastadoras.

A primeira delas veio quando Phil tinha apenas cinco anos de idade e vivia no internato de Michaelhouse, em Pietermaritzburg. Logo que seu pai, o policial de cavalaria Harry Masterton-Smith, se aposentou, decidiu se mudar com a esposa e os filhos mais novos para Pretoria, quase seiscentos quilômetros ao norte. Seria uma espécie de recomeço em uma cidade maior, mais rica e com mais oportunidades. A mudança, no entanto, cobrou um preço inesperadamente alto: enquanto a família ainda se estabelecia no novo lar, a mãe de Phil, Ursula, adoeceu e morreu.

Seria apenas o começo de um calvário que duraria até o final da sua adolescência.

Quando Phil ainda era uma pequena criança, enquanto procurava entender a morte da mãe e lidar com ela, seu pai se casou com uma amiga da família, Winnifred "Pom" Kathleen, e decidiu recomeçar a vida novamente, desta vez na Cidade do Cabo, mil e quinhentos quilômetros a sudoeste de Pretoria. O plano até que fazia sentido: eles comprariam e passariam a administrar um espaçoso asilo chamado Bonnytoun, levemente afastado do centro, onde também poderiam viver e eventualmente trazer os cinco filhos.

Como estabelecer essa nova arquitetura de vida exigiria uma estratégia meticulosamente organizada, Harry e Pom decidiram primeiro seguir viagem sozinhos, mantiveram Phil e seus três irmãos – Edward, Owen e Arthur – no internato, e enviaram a única filha, Bernardine, para ser cuidada por familiares.

Planos, no entanto, sempre teimam em desobedecer aos desejos dos seus criadores.

Trazer os filhos de Harry e Ursula para viver sob o mesmo teto se mostraria uma tarefa dificílima não apenas pelo montante de dinheiro necessário para sustentar tanta gente, mas principalmente porque, como uma espécie de linha de produção humana, Pom logo daria à luz outras cinco crianças.

Assim, com o tempo, os cinco primeiros filhos de Harry – Edward, Phil, Owen, Arthur e Bernardine – acabariam se conformando com o inevitável: estavam destinados a crescer e a serem criados longe da família de origem.

Não que isso tivesse significado uma separação definitiva: fosse em férias ou mesmo em eventuais temporadas mais extensas, os Masterton-Smith sempre davam um jeito de se reunir e de manter acesas as vãs esperanças de, um dia, viverem todos juntos.

O próprio Phil desenvolveu, nesses momentos de reencontro, as três mais próximas relações que teve em toda a sua vida: com suas duas meias-irmãs, Jill e Biddy, e com sua madrasta, Pom.

Mas a Cidade do Cabo ficava a quase mil e setecentos quilômetros de Pietermaritzburg – uma distância colossal na África dos anos 1920. Para uma criança, viver tão afastada das únicas pessoas que realmente se ama pode ser extremamente doloroso – e isso, somado às consequências da difteria que Phil tivera nos seus primeiros anos de vida e que o deixara semimudo, acabou pintando nele a figura de um sujeito frio, solitário e sempre imerso em seu próprio silêncio.

Engana-se, no entanto, quem acha que silêncio é a mera ausência de emoções. Em verdade, silêncio costuma ser justamente o oposto: uma prisão superlotada de pensamentos, observações e opiniões. Quando Phil Masterton-Smith deixou a infância para trás, todos esses pensamentos, observações e opiniões sobre o mundo acabaram finalmente encontrando uma saída para si, um meio para conseguir escapar de toda a angústia que os prendia.

Pom, madrasta de Phil Masterton-Smith

Dublin, Irlanda, final da tarde de sexta-feira, 7 de dezembro de 2007

"Lhe desejo toda a sorte do mundo na sua jornada, meu amigo. Você não faz ideia do quanto sentirei sua falta aqui", disse um John McInroy triste, mas bastante entusiasmado pelo futuro do amigo Ian Symons.

Ian se tornara uma espécie de irmão desde os tempos da faculdade, na Cidade do Cabo, quando ambos haviam desenhado percursos de vida incrivelmente paralelos.

Ambos, por exemplo, haviam transformado a paixão pelo hockey em uma atividade profissional.

Ambos haviam estreado na seleção sul-africana no mesmo ano, em 2003.

Ambos haviam se mudado para Dublin, na Irlanda, em busca de novos horizontes profissionais.

Ambos haviam jogado juntos no Epic Hockey Club, um dos principais times de hockey irlandeses.

E ambos, como aliás não deixa de ser comum entre imigrantes, acabavam matando as inevitáveis saudades de suas próprias pátrias nas histórias carregadas de sotaque que tão frequentemente compartilhavam entre si quando não estavam trabalhando ou jogando.

Amizades assim, com o tempo, deixam de ser apenas uma"coisa", uma simples relação: elas se transformam quase em um contexto, em uma espécie de paisagem com a qual os envolvidos se identificam e se habituam a ponto de extraírem da conexão entre si, e não de nenhuma geografia, a sensação de estar em casa.

Quis o Acaso, no entanto, que seus caminhos eventualmente saíssem do mesmo paralelo.

Em um determinado ponto de sua vida, Ian se apaixonou perdidamente por uma colega de trabalho, a médica bahamense Rory Whitehead, e decidiu iniciar com ela uma nova vida em um novo lugar.

Mais ou menos pelo mesmo período, uma oportunidade singular bateu à sua porta: ele estava sendo considerado para integrar a seleção sul-africana de hockey que disputaria as Olimpíadas de Pequim, na China – o sonho máximo de qualquer atleta profissional. Para tanto, naturalmente, precisaria deixar Dublin e voltar à sua terra natal, onde efetivamente treinaria e participaria de todo o processo oficial de recrutamento.

A partir daí, a mudança da Irlanda para a África passou a ser uma questão tão simples quanto a mais básica das aritméticas.

"Não sei quando os nossos caminhos se cruzarão novamente", continuou John. "Mas seria bom, seria até divertido termos algo que sempre nos lembrasse da nossa amizade. Alguma pequena tradição entre nós, se é que me entende. O que acha?"

Imediatamente, o coração de Ian voou para a sua infância, para a distante cidade de Port Elisabeth, na África do Sul, durante as homenagens feitas aos combatentes da II Guerra Mundial.

"Todo ano", ele começou, "nossa escola participava das homenagens aos combatentes caídos, e minha atenção sempre ficava presa na figura de um dos heróis de guerra, um sujeito chamado Sidney Feinson. Porque todo ano era a mesma coisa: ele ficava lá, de pé, vestindo seu uniforme oficial repleto de medalhas, mas deixando à mostra meias cintilantemente vermelhas que destoavam de tudo."

Seguiu adiante, dobrando o entusiasmo na voz:

"Finalmente, claro, as meias de Sidney viraram o assunto da cidade durante as celebrações, e acabamos descobrindo que elas eram parte de um pacto que ele havia feito com dois amigos enquanto fugiam de um campo de concentração nazista. Em linhas gerais, os três juraram uns aos outros que, caso sobrevivessem, usariam meias vermelhas até seus últimos dias como forma de nunca se esquecerem das dificuldades que estavam compartilhando.

A fuga deu certo, a história se espalhou e, desde então, ex-combatentes dispersos pelo mundo usam suas meias vermelhas como uma espécie de elo, de símbolo de que conexões têm mais a ver com sonhos em comum do que com geografias compartilhadas."

Conexões têm mais a ver com sonhos do que com geografias.

Com aquela frase ricocheteando em seu cérebro, John olhou para o calendário preso na parede do pub em que estavam.

"Perfeito!", exclamou.

"Hoje é sexta-feira, uma espécie de dia oficial de se fazer coisas diferentes", lembrou ao amigo Ian. "Proponho que, a partir de hoje, e durante todas as sextas-feiras, usemos meias vermelhas para nos lembrarmos e celebrarmos a nossa conexão, a nossa amizade, onde quer que estejamos."

"Proposta aceita!", respondeu Ian. "A partir de hoje, caberá a nós levar adiante essa tradição!"

Dias depois, Ian se mudou com a namorada para a África do Sul, de onde integraria a seleção olímpica em Pequim.

Em Dublin, por sua vez, John McInroy começou a cozinhar uma ansiedade que eventualmente mudaria sua vida.

"Conexões têm mais a ver com sonhos do que com geografias", repetia incessantemente para si mesmo.

"Um pedaço de sabedoria tão singular simbolizado por algo tão belissimamente banal quanto um par de meias vermelhas. Preciso conhecer mais a fundo a história desse Sidney Feinson."

Pietermaritzburg, final dos anos 1920

Sem encontrar saída pela voz, as opiniões e visões de mundo de Phil Masterton-Smith mudaram de rota e fugiram pelo corpo: ele se transformara, de repente, em um dos atletas mais versáteis de toda a província de Natal, destacando-se em esportes tão variados quanto boxe, remo, tênis, ciclismo e corrida.

Onipresente nos grandes palcos da época – as competições esportivas – ele começava, aos poucos, a deixar para trás a imagem de lobo solitário e a construir uma popularidade impensável para quem nascera e crescera tão desprovido de perspectivas.

Não seria apenas pelo atletismo que essa popularidade se consolidaria: tão logo saíra do internato, o jovem Phil conseguira um emprego de jornalista no mais tradicional jornal da União: o Natal Witness. Para quem mal conseguia falar, expressar-se pelas letras impressas parecia simplesmente perfeito.

Há que se contextualizar aqui o momento em que a voz de Phil Masterton-Smith decidira se materializar pelas suas mãos. Quando ele nasceu, em 21 de julho de 1911, a União da África do Sul contava com pouco mais de um ano de idade, e as cicatrizes da Guerra dos Bôeres se faziam presentes por todos os lados. A própria província de Natal simbolizava essas marcas: fundada pelos afrikaners como a república independente de Natália, ela caíra rapidamente em poder dos britânicos e, portanto, era a lembrança viva de uma terra repartida entre duas pátrias e visões de mundo absolutamente opostas.

Mas o problema ia além – muito além. Em plena rota do ouro, Natal ficava no coração do lendário império Zulu, à época já em destroços, e sediava um dos principais portos da região, Durban, que ligava a Índia ao sul da África, ambos territórios sob influência britânica. O óbvio resultado: um fluxo constante de negros nativos e de indianos do além-mar com o objetivo de trabalhar as minas e, assim, escavar as tão sonhadas riquezas coloniais. Os brancos, presos no paradoxo entre a liderança política e a extrema minoria populacional, passaram uma série interminável de leis segregacionistas para garantir, sob preconceituosos pretextos raciais, que as maiorias nunca competissem pelas mesmas oportunidades que eles. Era a semente do Apartheid, regime perverso que acabaria se oficializando como política de Estado alguns anos depois.

Qual o resultado de tanto ódio transbordando por todos os lados?

Desunião.

Todos desconfiavam de todos. Todos temiam conflitos armados que, de menor ou maior porte, sempre eclodiam em algum lugar. Todos tinham suas raivas mais densas constantemente na iminência de explodir. Todos tinham muito mais inimigos, fosse pelas guerras do passado, pelas cores das peles ou mesmo pelo mais simples Acaso, do que amigos. Todos, em essência, temiam e detestavam todos.

A imprensa da época, claro, fazia o que sempre esteve habituada a fazer: amplificava a opinião dos seus donos e plantava mais divisão e conflito entre seus leitores. O próprio Natal Witness era exemplo perfeito disso: nos primeiros anos do século, o todo-poderoso editor-chefe Horace Rose bradava contra a União da África do Sul, atacava impiedosamente os patriotas e pregava a manutenção do status de colônia britânica tradicional; tempos depois, seu sucessor, Desmond Young, radicalizava seus editoriais no sentido oposto, condenando qualquer forma de submissão à coroa inglesa e taxando de retrógrado ou vendido qualquer um que cultivasse opiniões contrárias às dele.

Mas, fossem submissos à coroa britânica ou patriotas liberais, fossem divergentes sobre grandes questões nacionais ou pequenas mesquinharias cotidianas, as armas dos donos da imprensa eram sempre as mesmas: editoriais acalorados, destaques absolutos para os acontecimentos que corroboravam as suas visões de mundo, ostracismo ou ataque difamatório a qualquer argumento contrário. A verdade em si, as notícias cruas, os fatos, eram essencialmente irrelevantes.

A imprensa, afinal, nunca teve vocação para noticiar realidades gerais: seu papel sempre foi o de garantir interesses extremamente específicos.

Phil, por outro lado, sempre se manteve caninamente fiel a duas coisas: sua curiosidade pelo mundo e sua submissão à verdade. Ou talvez não fossem, exatamente, tão distintas assim: de certa forma, ele usava a sua curiosidade justamente para entender o mundo à sua volta e relatá-lo como ele realmente era, evitando deixar-se levar pelas opiniões enviesadas ou ideologicamente comprometidas dos outros."-Nada que não seja a verdade", costumava dizer,"vale a pena ser escrito".

Não é preciso dizer que um perfil assim, tão ideologicamente preso à pureza dos fatos ao seu redor, jamais teria um futuro muito promissor no mais tradicional e, portanto, poderoso jornal do sul da África.

O futuro, no entanto, ainda estava distante demais para aquele Phil Masterton-Smith que acabava de conseguir seu primeiro emprego sério, que finalmente ganhava o suficiente para se sustentar e que, ainda por cima, via a sua popularidade crescer substancialmente entre os leitores do Witness.

E como ele conseguia essa popularidade? Simples: transformando-se em personagem de suas próprias histórias ou notícias, em uma espécie de herói de seus textos. Não bastava relatar o que terceiros contavam a ele: mais do que conhecer a verdade, Phil queria entendê-la em primeira mão, experimentá-la. Queria senti-la para poder sabê-la; sabê-la para poder escrevê-la.

Queria saciar a sua curiosidade sobre o mundo para, a partir daí, relatá-lo em primeira pessoa.

Foi, afinal, a curiosidade sobre os limites e possibilidades do corpo humano que o fez treinar e se destacar em tantos esportes diferentes.

Foi também a curiosidade em torno dos tão fortes elos de camaradagem entre os soldados que o fez se alistar na reserva do exército em 1930.

Foi a curiosidade que nutria sobre a viabilidade de sobreviver a uma ultramaratona de quase noventa quilômetros, a *Comrades*, que o havia feito se inscrever nela tão logo completou dezoito anos, também em 1930.

E foram os poucos metros que lhe tiraram a possibilidade de descobrir o sabor da vitória que o fizeram voltar para a competição um ano depois.

Sidney Feinson em Adelboden, Suíça, poucos dias depois da fuga de Ferrera

Adelboden, Suíça, 14 de junho de 1944

Enquanto Sidney Feinson admirava um horizonte diferente, salpicado de picos nevados, uma única lágrima silenciosa, quase feliz, escorria de seu olhar.

Vivera vidas inteiras nos últimos anos até aquele abençoado momento, em que sentia a intensa liberdade praticamente pela primeira vez.

Quase dois anos antes, em 22 de junho de 1942, ele fora capturado por nazistas no deserto líbio.

Estava, da mesma forma que seus companheiros, esgotado: os meses de guerra que culminaram em uma derrota devastadora foram, provavelmente, os piores de toda a sua vida. A jornada para a Itália também não fora nada fácil: além de prisioneiro, Sidney era judeu, o que decididamente não contribuíra para que recebesse o mais digno dos tratamentos por parte de seus algozes.

Pouco depois da captura, ele iniciou uma jornada forçada de quase um ano, passando pelos campos de concentração de Tarhuna, Suari ben Adem, Capua e Fara Sabina, já na Itália, até dar entrada no Campo de Ferrera, sob administração alemã, em 17 de abril de 1943.

Ali, ele já não era mais um bravo soldado guerreando contra o exército do lendário Erwin Rommel, a Raposa do Deserto: era um esquálido e combalido prisioneiro de guerra sentenciado a uma eternidade de trabalhos forçados.

Uma eternidade que, na prática, durou cinco meses.

Nesse período, tanto Sidney quanto a imensa maioria dos prisioneiros de guerra dedicavam-se de corpo ao trabalho e de mente à concepção de planos de fuga. Muitos, verdade seja dita, pereciam nesse processo, fosse pela fraqueza de seus corpos torturados e esfomeados, fosse por tiros certeiros que ceifavam tanto seus planos quanto suas vidas.

Mas planos de fuga malfadados dificilmente demoviam os prisioneiros da concepção de novos planos. O que mais poderiam fazer, afinal, sem esperança de resgate e com a certeza de que a morte seria apenas uma questão de tempo, como uma espécie de estação de chegada dos seus próprios sofrimentos?

Assim, rotas traçadas até uma sonhada liberdade, das mais simples às mais sofisticadas, eram cotidianamente compartilhadas entre todos, servindo de combustível para que aguentassem os dias tão áridos do campo de concentração.

Eventualmente, no dia 10 de setembro de 1943, uma delas acabou funcionando para Sidney e dois amigos: aproveitando um leve descuido dos guardas providenciado pelo Acaso, escaparam por uma fenda na cerca e desapareceram na floresta. Estavam, pela primeira vez em meses, livres.

Livres... mas cientes de que havia ainda um longo caminho a ser percorrido.

Por que lado começariam a percorrê-lo?

Famintos, sabendo-se perseguidos e à beira do desespero, os três fugitivos acabaram discutindo suas opções em tons de voz tão descuidadamente altos que, em instantes, chamaram a atenção de Giovanna Freddi, uma jovem de dezessete anos que, quis o Acaso, passeava pela região justamente naquele momento.

Mas quis também o Acaso – ainda bem – que Giovanna fosse uma feroz antipatizante dos nazistas, oferecendo a casa em que morava com sua mãe como abrigo e esconderijo para os fugitivos.

Sem alternativa, eles agradeceram, aceitaram e emudeceram.

Foram duas longas semanas em que, se por um lado os três conseguiram se alimentar e se recompor do longo período de cativeiro, por outro, passaram a nutrir um medo colossal de colocar em risco justamente a família que os estava ajudando.

Notícias das tropas alemãs chegavam a todo momento.

Tiros eram ouvidos nas mais variadas distâncias.

Buscas se tornavam cada vez mais frequentes.

Ameaças a qualquer um que ajudasse soldados aliados eram feitas em volumes tão claros quanto o medo que objetivavam provocar.

E não era um medo sem base, acrescente-se: se os três fossem descobertos na casa de Giovanna e de sua mãe, eles acabariam naturalmente voltando para o campo de concentração – mas as duas italianas seriam sumariamente executadas por traição.

Em um dado momento, o medo de colocar suas salvadoras em risco foi tamanho que os três negociaram um novo esconderijo: a igreja da cidade, administrada por Don Angelo Pusineri, um padre igualmente contrariado com os nazistas.

A história se repetiria: por outras duas semanas, notícias de tropas alemãs indo e vindo contrastariam com a absoluta ausência de rumores sobre os aliados que, àquela altura, pareciam estar em outro planeta. Da mesma forma, o medo de colocar em risco o padre e, em última instância, todos esses novos e valiosos aliados começou a embrulhar o estômago de cada um dos três soldados.

Da mesma forma, sentiram-se sem alternativa que não fugir dali.

Don Angelo, no entanto, fez uma contribuição adicional: conectou os três a uma organização secreta que lutava incansavelmente para resistir ao Eixo.

Caberia a essa organização viabilizar a rota de fuga até a Suíça, desafio difícil mas prontamente aceito. Havia apenas uma regra imposta: até que tudo fosse organizado, os três deveriam permanecer escondidos de tudo e de todos.

Pactuadas as condições, os fugitivos vestiram-se de silêncio e invisibilizaram-se invisíveis pela noite de Ferrera, disfarçando-se de sombra por cerca de dois meses e meio até receberem luz verde para partir, já no final de 1943.

O plano era relativamente simples, embora extremamente arriscado: iriam escondidos em um carro de Ferrera até Milão e, depois, de Milão até as proximidades da fronteira com a Suíça, a partir de onde seguiriam a pé até a pequena cidade de Chiasso, já fora dos domínios do Eixo. O problema: aquela região inteira era fortemente patrulhada pelo exército alemão e qualquer sussurro mais alto, qualquer mínimo descuido, facilmente levaria a uma nova captura, colocando todos em risco.

Era, no entanto, a melhor oportunidade de fuga com a qual haviam deparado em meses – uma oportunidade verdadeiramente irrecusável.

Entusiasmados, aceitaram.

Na véspera de partir, com os nervos carregados e os corações palpitantes, os três fizeram um pacto, uma espécie de promessa aos enebriados deuses da guerra: se sobrevivessem, passariam a usar meias vermelhas ao longo de todos os seus dias como forma de nunca esquecerem – e sempre honrarem – aquele percurso de vida que estavam tomando juntos.

Agoniados, puseram-se em movimento.

A fuga durou mais de um dia – um período interminável!

Durante quase todo o tempo, os três soldados mantiveram-se rigidamente discretos, semimudos, tanto enquanto estavam no carro quanto depois, enquanto caminhavam rumo ao norte.

Na reta final, foram inevitavelmente metamorfoseando-se em presas irracionalmente assustadas: qualquer mínimo som os tirava do sério, qualquer passo custava o esforço de um ano, qualquer divergência transformava-se em motivo de discussões seríssimas sussurradas entre os dentes.

Brigaram inúmeras vezes. Fizeram as pazes outras tantas. Odiaram-se. Amaram-se. Irmanaram-se. Tudo em questão de horas, de minutos, de nervosíssimos segundos.

Até que, de repente, um grito estridente os apavorou:

"Stoppen!!!"

Congelaram: era um grito em alemão.

Estavam incrédulos: seria mesmo possível que, depois de tanto esforço e sofrimento, acabariam sendo recapturados e enviados de volta ao campo de concentração? Seria aquele o trágico fim de uma aventura tão intensa?

Ergueram as mãos, deixando cair o último fio de esperança que carregavam consigo. Viram rios silenciosos de lágrimas escorrerem de seus olhos.

Sentiram a fome apertar, conscientes de que, a partir daquele momento, ela apenas aumentaria mais e mais e mais.

Sentiram uma pontada final de saudades de suas casas, de suas famílias, das vidas que levavam antes da guerra e dos sonhos que não seriam mais autorizados a ter.

Suspiraram.

Viraram-se para encarar seus algozes.

Veio um novo susto: aqueles não eram soldados alemães, mas suíços! Não estavam sendo presos, mas encontrados e, a partir daquele exato instante, oficialmente libertados!

A incredulidade mudou abruptamente de face.

Identificaram-se aos suíços, sentindo as lágrimas evaporarem como se nunca tivessem nascido.

Olharam-se uns aos outros.

E riram.

Riram as gargalhadas presas no esôfago desde antes de embarcarem para a Líbia, no que parecia ter sido mais de um século atrás. Riram por minutos tão intensos, tão longos, que chegaram a ser considerados loucos pelos seus libertadores. Riram soltos, leves, como se tivessem acabado de vencer o cume da mais alta montanha, o lodo do mais pegajoso pântano, o pânico do mais profundo dos círculos do inferno.

E, rindo, recuperaram a humanidade que há tanto parecia tê-los deixado.

Dois anos haviam se passado entre a primeira captura e a libertação.

"Dois anos que pareceram duzentas vidas", Sidney pensava consigo mesmo enquanto contemplava os belíssimos alpes em silêncio, naquele dia 14 de junho de 1944.

Depois, percebeu o silêncio lentamente tomar conta de todo o seu corpo, preenchendo sua mente, seu peito, seu olhar.

Estava vazio, flutuando no vácuo de si mesmo, sem medo pela primeira vez em muito, muito tempo.

E, do silêncio, começou a sentir uma transformação invisível tomar conta de si: seu pensamento, até então preso no eterno presente, nas pequenas e fundamentais decisões que precisava tomar a cada instante para sobreviver, começava finalmente a mudar de direção e a olhar para a frente, a imaginar o futuro.

Pensava no que faria naquela tarde. No dia seguinte.

Em um mês.

Em dez anos.

Viajava a partir do futuro imediato, imaginando, entre risos solitários, onde poderia comprar meias vermelhas para honrar o pacto que fizera com seus companheiros de fuga, até o mais distante dos amanhãs, que incluía a volta ao seu país e a retomada de algo que pudesse chamar de vida.

Como todo sobrevivente, ele finalmente alcançou a sua imaginação: voltou para a sua terra natal, se casou e criou a família com a qual começara a sonhar naquele mesmo dia 14 de junho de 1944, na Suíça.

Sidney Feinson usou meias vermelhas até o dia de sua morte, aos 82 anos, em 19 de abril de 2003.

Sidney Feinson com suas meias vermelhas

T-S SECRET
SHEET I

P.O.W. REPORT

NUMBER..5368.......... RANK (ACTG / WS / TEMP)..Pte....... NATIONALITY. South African

SURNAME..Feinson..... CHRISTIAN NAMES..Sidney.............

UNIT. Umvoti Mounted Rifles   DATE AND PLACE OF CAPTURE 21/6/42. Tobruk, Lybia.

DATE OF ARRIVAL IN SWITZERLAND. 24/11/43.....

DATE AND PLACE OF FINAL ESCAPE.. 10/9/43 P.G.146/3. Ferrera Pavia

BRIEF CIRCUMSTANCES OF CAPTURE: Captured with the surrender of the Tobruk Garrison.

WHERE IMPRISONED			HOW EMPLOYED
CAMP NO AND PLACE	PERIOD FROM	TO	
Transit/Tarhuna	27/6/42	25/11/42	
Suari ben Adem	25/11/42	4/12/42	
P.G.66 Capua	9/12/42	24/3/43	
P.G.54 Parassabina	24/3/43	17/4/43	
P.G.146/3 Ferrera	17/4/43	10/9/43	Farm Work

ATTEMPTED ESCAPES

WHERE FROM	DATE	BRIEF DETAILS
A.		Attempted to escape from Tobruk, but was captured a few miles outside the perimeter.
B.		Camp released after armistice.

Registro oficial da captura e das transferências
por campos de concentração dos soldados sul africanos

Fotos atuais do Campo de Concentração de Ferrera

Giovanna Freddi

Fotos atuais do local exato onde os soldados
foram encontrados e salvos por Giovanna Freddi

APPENDIX A

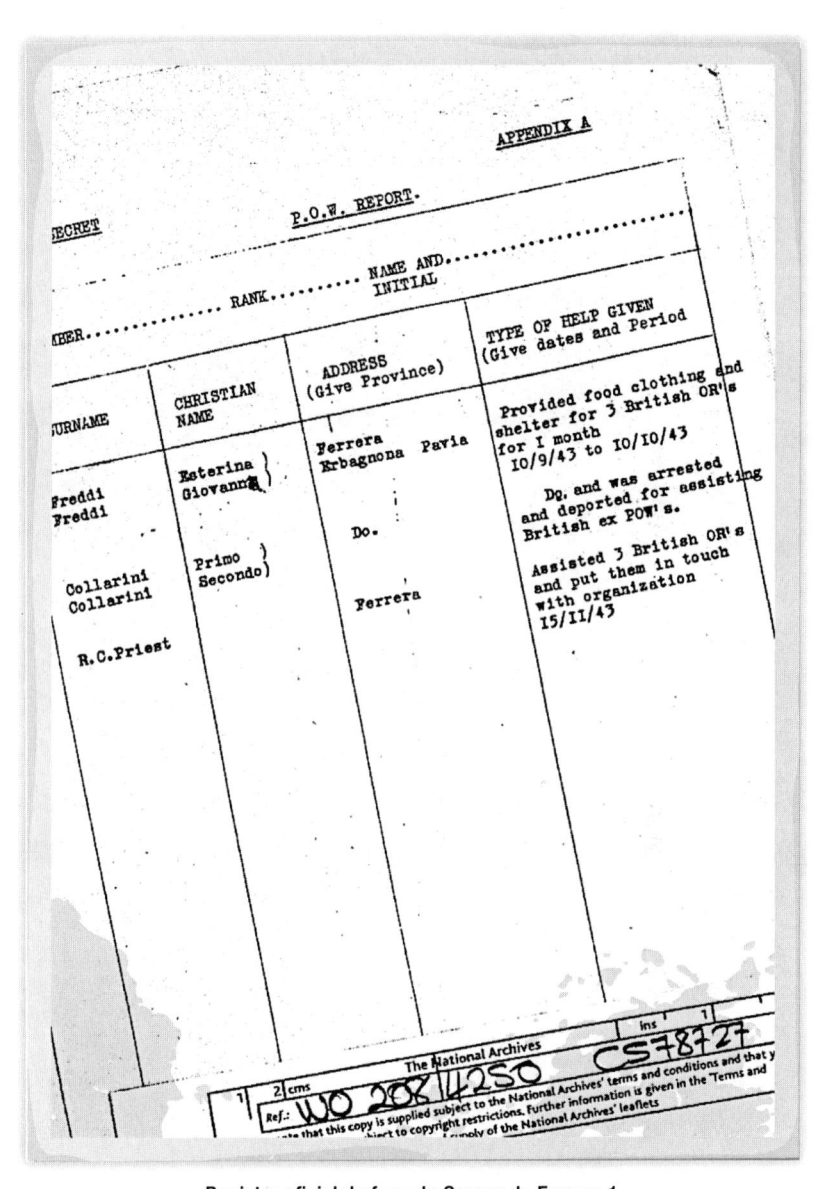

P.O.W. REPORT.

SECRET

NUMBER	RANK	NAME AND INITIAL		ADDRESS (Give Province)	TYPE OF HELP GIVEN (Give dates and Period)
SURNAME		CHRISTIAN NAME			
Freddi Freddi		Esterina Giovanna }		Ferrera Erbagnona Pavia	Provided food clothing and shelter for 3 British OR's for 1 month 10/9/43 to 10/10/43
				Do.	Dg. and was arrested and deported for assisting British ex POW's.
Collarini Collarini		Primo Secondo }		Ferrera	Assisted 3 British OR's and put them in touch with organization 15/11/43
R.C.Priest					

Registro oficial da fuga do Campo de Ferrera 1

Fotos atuais da casa onde se esconderam

P.O.W. REPORT.

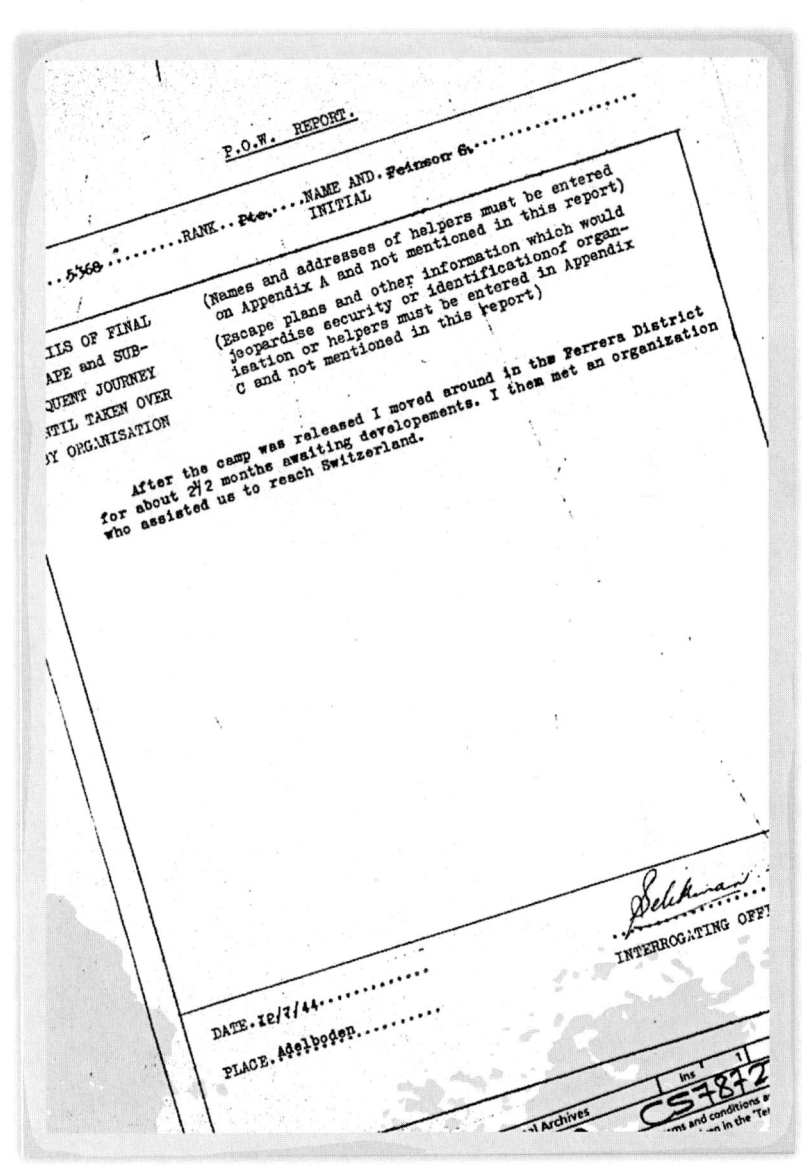

..5368........RANK..Pte....NAME AND..Peinsor G.
INITIAL

(Names and addresses of helpers must be entered on Appendix A and not mentioned in this report)

ILS OF FINAL
APE and SUB-
QUENT JOURNEY
TIL TAKEN OVER
Y ORGANISATION

(Escape plans and other information which would jeopardise security or identification of organ- isation or helpers must be entered in Appendix C and not mentioned in this report)

After the camp was released I moved around in the Ferrera District for about 2½ months awaiting developements. I them met an organization who assisted us to reach Switzerland.

Selikman
INTERROGATING OFF

DATE. 12/7/44
PLACE. Adelboden

Registro oficial da fuga do Campo de Ferrera 2

Fotos atuais da casa do padre ao lado da Igreja onde também foram escondidos

APPENDIX C

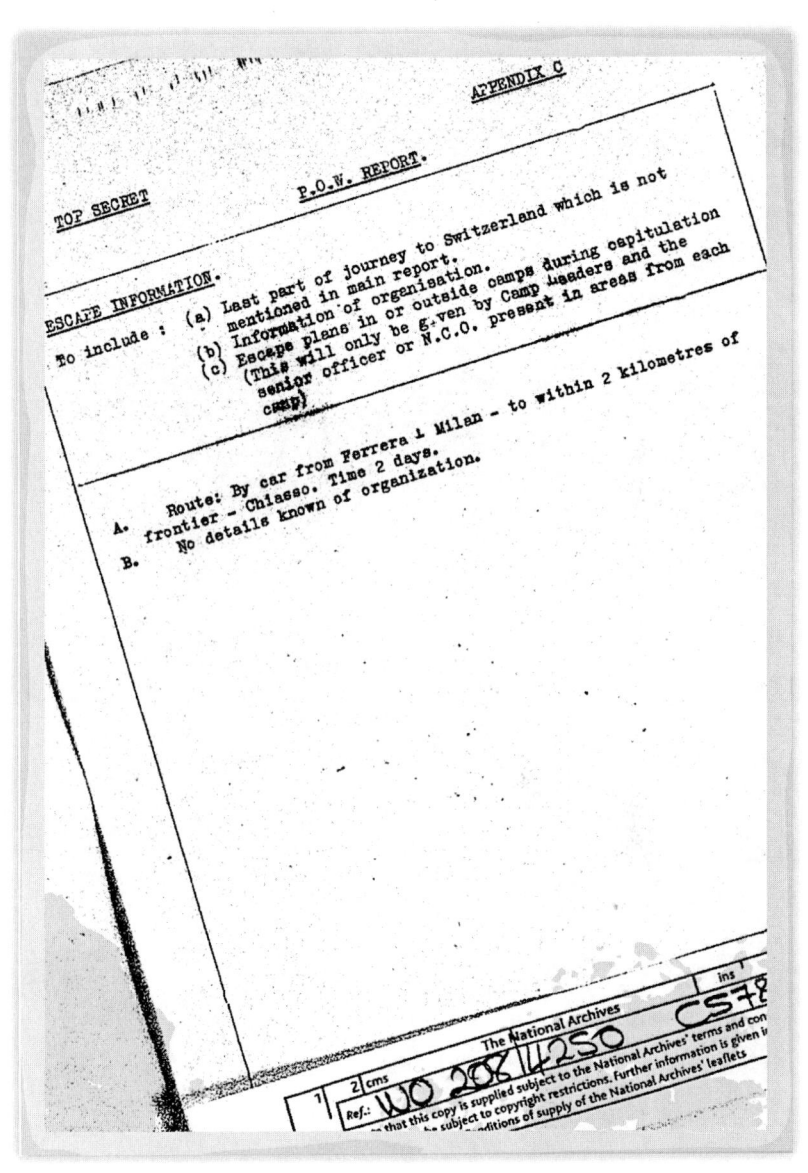

TOP SECRET   P.O.W. REPORT.

ESCAPE INFORMATION.

To include : (a) Last part of journey to Switzerland which is not mentioned in main report.
(b) Information of organisation.
(c) Escape plans in or outside camps during capitulation (This will only be given by Camp Leaders and the senior officer or N.C.O. present in areas from each camp)

A. Route: By car from Ferrera – Milan – to within 2 kilometres of frontier – Chiasso. Time 2 days.
B. No details known of organization.

Registro oficial da fuga do Campo de Ferrera 3

Fotos atuais do acesso à torre da igreja, local exato onde ficaram

Comrades Marathon, 25 de maio de 1931

"Desta vez, a história será diferente", Phil repetia para si mesmo enquanto se posicionava na linha de largada, em frente à Prefeitura de Pietermaritzburg.

Diferentemente do ano anterior, agora ele partiria literalmente de casa. Essa alternância de rota, aliás, era um dos grandes atrativos da *Comrades* para os competidores desde que ela fora concebida: se, em um determinado ano, a largada ocorresse em Durban e a chegada, em Pietermaritzburg (desenhando um percurso de subida do litoral até o interior), no ano seguinte, as cidades se inverteriam e os corredores competiriam descendo do interior até o litoral.

Desta forma, a mesma prova poderia proporcionar dois diferentes títulos a serem disputados – um de subida e, outro, de descida – essencialmente dobrando a intensidade da competição.

Para um local como Phil, no entanto, largar de casa seria apenas uma das vantagens: seus feitos poliesportivos e seu apertadíssimo segundo lugar na *Comrades* do ano anterior haviam feito dele o preferido absoluto de uma torcida que, ansiosa, não parava de gritar"Unogwaja! Unogwaja! Unogwaja!".

Unogwaja. Phil ganhara esse apelido enquanto treinava nos morros do interior de Natal. Nunca gostara muito de treinos mais tradicionais, nas estradas ou em pistas de atletismo. Em sua opinião, eram controlados e barulhentos demais para permitir qualquer tipo de foco.

Os únicos lugares em que ele realmente se sentia bem eram os descampados arredores, as zonas rurais mais afastadas do tumulto urbano.

Lá, entre morros e mais morros, Phil disparava em intermináveis sessões de tiros. Lá, entre morros e mais morros, ele podia concentrar-se em si mesmo, deixar para trás qualquer traço da civilização branca e imergir no seu próprio e já tão habitual silêncio.

Lá, espalhadas por muitos desses morros, ficavam pequenas aldeias zulus – e os seus membros aos poucos foram se acostumando e gostando de observar aquele branco esquisito que parecia se divertir saltitando pelos matos por horas a fio.

Não demorou muito para que Phil ganhasse seu apelido: em poucos meses, toda a numerosa comunidade zulu já o chamava de Unogwaja – ou"lebre", em seu idioma. E, como apelidos são contagiosos, demorou menos tempo ainda para que toda a região o chamasse assim, o que acabou acelerando a sua transformação em lenda local.

Precisamente às cinco e quarenta e cinco da manhã, Masterton-Smith olhou ao seu redor. Havia sessenta e cinco corredores alinhados, prontos para disputar o mais sonhado dos títulos sul-africanos.

Hayward, no entanto, não estava lá: uma lesão o havia tirado da prova. Aliás, nenhum vencedor de nenhuma edição anterior estava lá – o que não significava que seria uma corrida morna. Ao contrário: nomes já empolgantes como Wallace, os irmãos Savage, Noel Burree, P. J. van Rooyen e, claro, o próprio Masterton-Smith prometiam uma disputa acirradíssima.

Na hora prevista, a largada fora dada.

George Steere e Albert Marie logo se acomodaram na dianteira, chegando a Umlaas Road em uma hora e vinte e seis minutos – seis minutos inteiros à frente do que fora registrado pelo líder da edição de 1929, A. Cary-Smith.

Toda uma confusão de corredores parecia se embolar atrás deles: Walker, Colley, Lumley e Van Rooyen (uma hora, vinte e nove minutos e trinta segundos); Neethling, Wade, Wallace, Van der Berg, A. Cary-Smith (uma hora, trinta minutos e trinta segundos); C. Cary-Smith, W. Savage (uma hora e trinta e dois minutos). Os treze primeiros colocados estavam, todos, à frente do tempo registrado no mesmo local em 1929.

E Masterton-Smith? Esse parecia mover-se com a mesma estratégia do ano anterior, metronomizando-se cuidadosamente pelo percurso.

Quando chegou a Cato Ridge, estava em um distante vigésimo segundo lugar, a onze minutos dos líderes que, por sua vez, se perseguiam – e se cansavam – incessantemente.

A partir de Drummond, na metade do percurso, tudo começou a mudar. Não que Masterton-Smith tivesse alterado o seu ritmo em um milímetro sequer: os corredores à sua frente é que começavam a desabar de um em um. Em Botha's Hill, por exemplo, ele já havia deixado para trás dezesseis competidores e parecia absolutamente intacto.

Em Hill Crest, o field inteiro já estava embolado com Van Rooyen em primeiro (quatro horas, doze minutos e quinze segundos), Strydom em segundo (quatro horas, treze minutos e quinze segundos), W. Savage em terceiro (quatro horas e quinze minutos) e Masterton--Smith em quarto (quatro horas e dezenove minutos).

Se, por um lado, a distância entre ele e o líder era grande, seu corpo parecia impressionantemente fresco – como se a corrida tivesse acabado de começar. Pouco depois de Hill Crest, em um dos raros trechos planos do percurso, ele já tinha abocanhado o terceiro lugar.

Na longa descida de Fields Hill, enquanto as dores musculares castigavam Van Rooyen e Strydom, Masterton-Smith ultrapassava os dois com uma segurança contagiante.

A partir dali, toda aglomeração de torcedores que o via gritava:"Unogwaja! Unogwaja! Unogwaja!"

Masterton-Smith bebia essa emoção com a calma de quem já conhece seu destino: com o cabelo ainda meticulosamente repartido ao meio, ele simplesmente olhava para a multidão, sorria e acenava.

Enquanto isso, atrás dele, outra perseguição começava: Noel Burree, que emergia de uma distante quarta posição, parecia reenergizado e acelerava seu ritmo de maneira surpreendente. Já em Pinetown ele deixou Van Rooyen e Strydom para trás, com um intervalo de tempo grande o suficiente para carros entrarem no percurso e acompanharem, de perto, a perseguição que estava por iniciar.

Em Westville, ele já havia diminuído três minutos da diferença para Masterton-Smith.

Na entrada de Durban, mais dez minutos haviam sido eliminados.

Estavam praticamente juntos.

A situação da corrida de 1930 parecia invertida: Masterton-Smith, amedrontado, usava agora todas as suas energias para garantir a vitória; Burree, sentindo a possibilidade da vitória, massacrava cada músculo que tinha para alcançá-lo.

A diferença entre ambos despencou trinta e seis metros, empolgando a multidão.

Na esquina da Estrada do Jardim Botânico, ela caiu para menos de cinco metros.

Masterton-Smith, mesmo embalado pela torcida, parecia não aguentar mais o ritmo.

Burree manteve-se firme.

Na ponte de Alice Street, faltando apenas seiscentos e cinquenta metros para a chegada, Burree finalmente ultrapassou Masterton-Smith e colocou um punhado de metros e toda uma certeza de vitória sobre ambos.

A torcida, incandescida, invadia a pista de atletismo da chegada, impondo-se como obstáculo natural aos corredores.

Burree desviava.

Masterton-Smith perseguia.

De repente, aproveitando um vácuo, o Unogwaja se catapultou para a frente de Burree e ganhou nove metros.

Este reagiu e acelerou, chegando a dois metros de Masterton-Smith.

Ambos entraram na reta final praticamente empatados: seria um teste de nervos tanto para os atletas quanto para a torcida.

Burree ultrapassou por meio metro.

Masterton-Smith caçou a liderança novamente.

Burree.

Masterton-Smith.

Burree.

A multidão gritava:"Unogwaja! Unogwaja! Unogwaja!".

Ambos se entreolharam, viraram-se para a linha de chegada e voaram com cada átomo de força que restava em seus corpos.

De repente, dois tiros de pistola soaram quase que simultaneamente denunciando o resultado.

Com a inacreditável diferença de um metro e meio, no tempo total de sete horas, dezesseis minutos e trinta segundos, Masterton-Smith cruzara a linha de chegada à frente do seu feroz competidor! Vencera Burree por dois – apenas dois – segundos!

Aos dezenove anos de idade, Phil Masterton-Smith se consolidara como o mais jovem vencedor da história da *Comrades* – marco, aliás, que permanece até os dias de hoje[1].

Horas depois, no vestiário, o Unogwaja foi até Burree, apertou a sua mão e disse:"Foi uma corrida incrível, essa nossa corrida. Não houve primeiro ou segundo lugar: a margem foi apertada demais para se falar em colocações. Parabéns".

Enquanto congratulava seu competidor, no entanto, Phil mantinha uma única decisão em mente: correr no ano seguinte e consagrar-se como vencedor nos dois percursos da *Comrades*, algo que faria dele uma lenda incontestável.

---

[1] Atualmente, o regulamento da prova proíbe a inscrição de atletas com menos de 20 anos de idade, impedindo, assim, que qualquer outro competidor tire de Phil Masterton-Smith o título de mais jovem vencedor da *Comrades*.

Momentos finais da corrida de 1931, com Phil na frente

1931 Phil Masterton-Smith

Dublin, madrugada de 14 de novembro de 2008

De repente, John McInroy deparou com uma cena embasbacante: o então presidente dos Estados Unidos, Barack Obama, falava para uma multidão inimaginável concentrada em frente ao Memorial de Washington.

Portando uma expressão de quem carrega mensagens mais fortes que qualquer possível combinação de palavras, Obama saiu de trás do púlpito e caminhou alguns passos até ficar mais próximo da multidão.

Estava tenso, com o semblante cambaleando entre o entusiasmo da esperança e a agonia da mudez.

De repente, angustiado por não conseguir expressar exatamente o que queria, ele simplesmente levantou as barras das próprias calças e, para a surpresa de todos, mostrou que estava usando um par de meias cintilantemente vermelhas!

A multidão olhou, em um interrogativo silêncio, esperando alguma explicação qualquer do seu presidente.

Este permanecia mudo, quase pasmo por não ter se feito claro o suficiente para o público.

Mas não conseguia explicar: da mesma forma que antes, permanecia preso no labirinto que separava as palavras certas dos significados exatos.

Tentou balbuciar algo: nada. Pensou em explicações para as suas meias, em discursos, em pregações.

Nada.

Finalmente, Obama tomou o microfone e, adotando um tom de sábio guru, gritou uma única palavra:"Shooops!!!"

John McInroy acordou depois do último ponto de exclamação do Obama.

Acordou decidido a acreditar no pantanoso universo dos sinais metafísicos. Estava, claro, ciente de que tivera um sonho que se situava entre a realidade fantástica e a ingenuidade pueril – mas importava-se pouco com isso.

"E se", pensara consigo mesmo,"todo esse sonho tiver sido um sinal apontando para um determinado caminho que meu coração acha que eu deva seguir?".

Qual caminho? Como encontrar algum sentido em um sonho que inclui o presidente de outro país exibindo meias vermelhas e gritando uma palavra inexistente, quase uma nota musical, para uma multidão?

Simples: elucubrando, antes, um terreno comum, uma espécie de meio termo entre a possibilidade de um significado e a vontade de que esse significado não apenas exista, como também defina o nosso destino com a sabedoria que a nossa razão não sabe alcançar.

No final, crenças são sempre uma questão de força de vontade, de se permitir deixar o Acaso temporariamente travestir-se de Deus para, então, interpretar e obedecer aos seus desígnios como se fossem ordens celestialmente e meticulosamente orquestradas.

Assim, ainda naquela noite, John decidiu colar ao seu insano sonho um significado que se encaixasse nas vontades do seu coração – algo minimamente racional para que conseguisse uma espécie de autorização da sua própria mente para tomar uma série de decisões fadadas a mudar, radicalmente, a sua vida.

Para ele, a partir daquele momento, as meias vermelhas deixaram de ser apenas um símbolo camarada de conexão entre Sidney Feinson e seus colegas fugitivos ou mesmo entre Ian Symons e ele. Mais do que isso, as até então relativamente banais meias vermelhas deveriam ser entendidas e difundidas, quase que pregadas, como símbolo máximo de conexão entre todos os que acreditassem que as grandes escolhas da vida deveriam ser tomadas exclusivamente pelo coração, e jamais pela razão – e que seria essa crença a responsável por inspirar um mundo melhor.

Em outras palavras, a filosofia que estava nascendo ali era a de que o próprio ato de planejar uma vida tida como correta, seguindo padrões preestabelecidos e pregados pela sociedade como um todo, seria pura perda de tempo e de energia. Ao contrário, o verdadeiro caminho para a felicidade dependeria intrinsecamente da predisposição em se seguir cegamente os mandos e desmandos do coração, ignorando as consequências de curto prazo mais óbvias e atendo-se à fé de que, eventualmente, cada uma das nossas decisões mais passionais, mesmo as mais aparentemente irracionais, se conectarão umas às outras e comporão um quadro perfeito onde os nossos mais profundos sonhos se realizarão.

Uma velha frase de Confúcio surgia na mente de John em meio a todo o turbilhão de pensamentos que a bombardeava:"Onde quer que vá, vá com o seu coração".

"Com o coração", ele concluía consigo mesmo."Não com a razão."

Tivesse ouvido a voz da razão, narradora do medo e pregadora da estabilidade, Sidney Feinson e seus amigos provavelmente teriam desistido da arriscadíssima ideia de fugir do campo de concentração. Tivesse ouvido a voz da razão, Giovanna Freddi jamais teria cedido sua casa como esconderijo. Tivesse ouvido a voz da razão, a organização secreta de resistência ao nazismo jamais teria ajudado os prisioneiros a escapar da Itália.

Nesse hipotético universo alternativo, altamente racional, costurado com fios de medo, nenhum dos personagens envolvidos, de Sidney a Don Angelo, de Giovanna aos anônimos da resistência, teria vivido a aventura que viveram ou colecionado as histórias que acabaram, de alguma forma, redefinindo as suas vidas.

A razão existe para repelir o risco; o coração, para respirá-lo.

"É isso que essas benditas meias vermelhas realmente precisam representar: a conexão entre os que têm a coragem de seguir as suas próprias paixões!"

E seria essa – ao menos de acordo com a interpretação peculiar, mas inegavelmente interessante, que John fizera do seu próprio sonho – a mensagem que Obama estaria transmitindo à sua multidão. Uma mensagem tão complexa que não havia sequer palavras que pudessem ser usadas para sintetizá-la, motivo pelo qual ele simplesmente inventara uma:"Shooops!".

Naquele mesmo dia – uma sexta-feira – John McInroy calçou suas meias vermelhas, arrumou-se para o trabalho, partiu diretamente para a sala do seu chefe, explicou seu sonho e, sob olhares de interrogação dignos de um manicômio, se demitiu.

Ele ainda não fazia ideia do que faria a partir daquele instante, mas estava seguro de uma coisa: estava obedecendo ao seu coração, que não suportava mais viver no mundo corporativo e precisava de algo mais significativo para honrar os próprios batimentos.

Na saída do prédio em que trabalhava, enquanto sentia na face sorrisos tão nervosos quanto aliviados, John conseguia apenas repetir uma única palavra para sintetizar tudo o que acabara de passar:"Shooops!"

Pietermaritzburg, 14:35:09 de 24 de maio de 1932

Nem toda a torcida do mundo havia ajudado.

Naquele exato instante, o exausto e debilitado Unogwaja cruzava a linha de chegada na sua cidade natal, Pietermaritzburg, uma hora e quinze minutos depois do tempo que ele fizera no ano anterior, quando vencera a prova.

Desta vez, não havia sido derrotado em nenhuma perseguição implacável. Por um golpe errado de raciocínio, por um ingênuo lampejo de agonia, perdera miseravelmente para si mesmo.

"Não era para ter sido assim", pensou Masterton-Smith no instante em que cruzou a linha de chegada sob os olhares decepcionados da torcida em Pietermaritzburg.

Seu começo havia sido idêntico ao dos dois anos anteriores: largara lento, coordenando passadas rítmicas e ignorando tudo e todos à sua frente. Como nos anos anteriores, não eram poucos: em Pinetown, por exemplo, dos sessenta e cinco corredores que partiram em Durban, quinze estavam à sua frente – sendo que o primeiro, com uma hora e trinta e um minutos de prova, acumulava quatorze minutos na dianteira.

Até aí, nada de diferente de 1931 ou mesmo de 1930.

Masterton-Smith seguiu correndo a sua prova, economizando energias para a segunda metade. Quando chegou a ela, em Drummond, estava já na quinta colocação – mas, com três horas, quarenta e nove minutos e quinze segundos, sua distância para o líder, J. Savage, havia aumentado para quinze minutos.

Algo parecia errado. Teria ele exagerado no conservadorismo? Seria a hora de iniciar a perseguição?

Masterton-Smith digladiou-se com sua própria dúvida, horrorizado pela possibilidade de perder a chance de fazer história com duas vitórias consecutivas.

Fazia contas e mais contas. Calculava ritmos necessários. Hipotetizava sobre o cansaço dos outros. Agoniava-se com a incapacidade de chegar a alguma conclusão qualquer.

Sentia a tensão subir a cada segundo: queria vencer!

Imaginava a mesma situação da prova de 1930, quando perdera por tão pouco. Depois, voava até 1931, quando vencera por uma margem tão apertada por ter, em sua mente, exagerado alguns milímetros desnecessários na sua zona de conforto.

Aos poucos, deixou a agonia dominar sua prova e fez o que jamais deveria ter feito: acelerou como se estivesse na reta de chegada.

O resultado foi óbvio: em Umlaas Road, assumiu a liderança com alguma folga.

Por um punhado de segundos, Masterton-Smith congratulou-se pela colocação que acreditava ser a certa para si. Instantes depois, no entanto, sentiu que algo estava errado.

Na descida do mesmo morro em que assumiu a liderança, o Unogwaja já começou a sentir fortes câimbras nas pernas. Tentou ignorá-las. Não conseguiu.

Parou para uma massagem, sentindo-se Wally Hayward na edição de 1930. "No final, ele venceu", repetia para si mesmo, tentando cavar alguma autoconfiança.

Continuou, administrando a liderança por mais alguns minutos.

Mais câimbras.

Diminuiu o ritmo e aumentou a irritação.

Gritou o seu sussurro com toda a sua força... e sentiu que seu corpo simplesmente não conseguiria mais continuar como originalmente planejara.

Parou de correr e passou a caminhar.

Incrédulo, viu Bill Savage passar como um foguete por ele no famoso morro de Polly Shortts.

Sem reação, sentiu também Lionel Knight deslizar pela sua esquerda.

Depois foi a vez de Cochrane.

E Ballington.

E W. W. Savage, irmão do primeiro colocado.

Estava devastado, lutando com todas as suas forças para ao menos chegar minimamente inteiro.

Finalmente, com oito horas, trinta e cinco minutos e nove segundos – cinquenta e três minutos depois do vencedor –, um Phil Masterton-Smith combalido, decepcionado consigo mesmo e nitidamente dolorido, cruzava a linha de chegada.

Nos últimos dez quilômetros, ele testemunhara os gritos de"Unogwaja!", da sua fanática torcida em Pietermaritzburg, lentamente se calando.

Nos últimos cinco, sentiu-se destroçado por ter deixado passar a oportunidade de vencer por duas edições consecutivas.

Nos últimos dois, pensava apenas em concluir e sair dali o quanto antes.

Estava envergonhado.

No cabisbaixo caminho de volta para casa, prometeu a si mesmo que correria novamente no ano seguinte para clamar o seu lugar de direito no pódio – custasse o que custasse.

Às vésperas de mudanças drásticas no seu país e na sua vida, no entanto, Phil Masterton-Smith não sabia que aquele ano de 1932 seria, para sua absoluta infelicidade, o último em que seu nome figuraria na lista de favoritos.

O que ele também não sabia era que a maior aventura da sua vida – a que efetivamente imortalizaria seu nome – estava prestes a começar.

Cidade do Cabo, final da tarde de 14 de novembro de 2010

Para WP van Zyl, viver, no sentido filosófico da palavra, era superar adversidades.

Não que ele tivesse passado por grandes traumas lançados em seu caminho pelo Acaso ou que colecionasse histórias pessoais de superação. Ao contrário, WP era o que se podia considerar uma pessoa comum levando uma vida normal: teve uma infância estável, foi educado em uma das escolas mais tradicionais do Cabo e trabalhava como dentista na mesma cidade em que nascera e se criara.

Destinos, no entanto, não são apenas determinados pelos percursos traçados no passado: eles dependem também – e talvez ainda mais – das vontades de se desenhar e realizar sonhos projetados para o futuro. E, para ele, o futuro precisava ser mais do que o reles cotidiano."Qual o sentido", perguntava-se frequentemente,"de nascer, envelhecer e morrer tal como um peixe ou uma planta, sem deixar para trás marcos relevantes, sem enfrentar grandes adversidades na vida?".

Adversidades. No final, tudo girava em torno delas.

Para ele, as adversidades da vida deveriam não apenas ser superadas, como também buscadas, caçadas, ativamente catapultadas por nós mesmos para dentro das nossas histórias. Por quê? Porque apenas grandes adversidades conseguem parir grandes feitos – e apenas grandes feitos conseguem compor grandes histórias, conseguem esculpir marcos que não apenas nos imortalizam como também inspiram o mundo à nossa volta.

Àquela altura da sua vida, aos 31 anos de idade, WP estava já agoniado para encontrar a sua adversidade, o seu grande desafio.

Começou, portanto, por onde parecia-lhe mais óbvio: a *Comrades*."Correr oitenta e nove quilômetros pelo Vale dos Mil Morros certamente é um feito digno de nota", pensou consigo mesmo."Uma bela adversidade para se superar e somar à nossa biografia."

Desde que passara a ser transmitida ao vivo via rádio e TV, na década de 1970, a ultramaratona se transformara no símbolo sul-africano máximo de superação pessoal. WP, como aliás a maioria das crianças do país, crescera acompanhando a prova, torcendo para as lendas que disputavam os primeiros lugares, inspirando-se em nomes como o de Bruce Fordyce, campeão de nove edições entre os anos de 1981 e 1990.

E, claro, como muitas das crianças do país, correr a prova virara um sonho desde a mais tenra idade.

Decidido a participar da edição de 2010, WP logo começou a pesquisar tudo o que pôde:

relatos de edições passadas, depoimentos, descrições do percurso, lendas que marcaram épocas.

Em um determinado momento, enquanto lia um livro sobre a prova, um parágrafo sobre a edição de 1933 chamou-lhe a atenção. Nele, palavras curtas comentavam, quase que *en passant,* que um tal de Phil"Unogwaja" Masterton-Smith, sem dinheiro para comprar a passagem de trem da Cidade do Cabo a Pietermaritzburg, decidira pedalar os quase mil e setecentos quilômetros que separavam sua casa da largada da *Comrades.*

Era um parágrafo simples, despretensioso, que possivelmente correra o risco de sequer entrar no livro... mas que mudou toda a história de WP van Zyl.

De repente, correr oitenta e nove quilômetros não era mais uma adversidade tão impossível de ser alcançada por mortais comuns, tão capaz de inspirar o mundo quanto ele imaginava até minutos antes. Não que a conquista em si não fosse grande – mas alcançá-la depois de pedalar por quase mil e setecentos quilômetros em busca de um sonho certamente seria algo de proporções muito, mas muito mais divinas.

Sua adversidade finalmente havia sido encontrada.

Mas WP não colocou esse plano, ainda nas fases platônicas de elucubração, imediatamente em prática. A aventura em si era tamanha, de grandiosidade tão singular, que a própria viabilidade estava sujeita a seríssimos questionamentos.

Enquanto germinava lentamente seu sonho, WP decidira participar de uma série de corridas de aventura pela África. Subia montanhas, cortava trilhas, bebia vistas deslumbrantes que apenas fortaleciam seu desejo de mergulhar cada vez mais fundo nas intensidades que a vida proporciona. O problema, no entanto, era que nenhuma dessas provas, nenhum desses desafios pelo continente selvagem, efetivamente entregava a ele as respostas que tanto buscava. Ao contrário: cada linha de chegada deixava-o apenas mais carregado de ansiedade, de agonia, de energia densamente compactada por todo o corpo.

De repente, em uma dessas corridas de aventura que já se cotidianizavam, um rosto familiar no meio dos participantes acabou chamando-lhe a atenção: era justamente Simon Haw, um dos quatro velejadores cuja jornada de dhow pela costa de Moçambique ele acompanhara pouco tempo antes!

"Se alguém pode me ajudar a dar o salto inicial", pensou,"esse alguém é ele!".

Sem perder tempo, WP contou seus planos a Simon e o atropelou com uma pergunta direta:"Você acha possível fazer algo assim, cruzar a África do Sul de bicicleta em dez dias e correr a *Comrades* no décimo primeiro?".

A resposta foi instantânea.

"Claro", ricocheteou Simon."Basta estabelecer a data e iniciar os preparativos práticos. No final, mesmo as maiores decisões da vida precisam apenas de um pouco de autoconfiança para começar. E a melhor forma – talvez a única – de se soletrar autoconfiança é definindo a sua data. Basta acreditar. E decidir. E partir."

Simples assim.

Simples e revolucionariamente efetivo.

Após essa conversa, todas as dúvidas mais conceituais se dissolveram e WP passou a encarar a sua aventura como uma questão de tempo – pouco tempo.

Não estabelecera a data de imediato: permitiu-se, antes, correr a sua primeira *Comrades*, em 2010, e coletar um pouco mais de experiência. Permitiu-se também sondar a disposição de amigos e conhecidos – incluindo o próprio Simon Haw – em juntarem-se a ele nessa nova aventura. E permitiu-se, por fim, libertar-se de todo o excesso de cautela que o prendia na própria zona de conforto.

Eventualmente, colocou no papel possibilidades de datas e necessidades práticas para iniciar a jornada e entregou-se às mãos do Acaso.

Repassava toda essa sua busca por aventura naquele final de tarde de domingo, 14 de novembro de 2010, quando finalmente chegou ao seu destino: a casa de Simon, de onde planejava sair com decisões tomadas.

Tocou a campainha.

"Boa tarde, WP!", exclamou um Simon Haw entusiasmado. "Que bom que você veio! Já faz tempo que quero te apresentar o amigo que divide este apartamento comigo", continuou, apontando, com o mesmo tom de empolgação, para um sujeito que já se prostrava de pé ao lado da porta.

"Este é John McInroy."

Pietermaritzburg, novembro de 1932

Nunca, nem nos seus piores pesadelos, Phil Masterton-Smith poderia imaginar que acabaria daquele jeito: desempregado, falido e sem saber sequer como ou quando conseguiria um prato de comida para aplacar a fome devastadora que há tempos mudara-se para seu estômago. As nossas próprias histórias, ele aprendia, sempre têm o Acaso como coautor.

Quis o Acaso, pois, que a bolsa de valores da distantíssima cidade de Nova York entrasse em colapso em 1929. Quis o Acaso que, àquela altura, o mundo já estivesse interconectado o suficiente para que crises acontecessem como terremotos de escala global, gerando ondas de devastação a partir mesmo dos epicentros mais afastados. Quis o Acaso, por fim, que a União da África do Sul estivesse justamente em uma das situações mais vulneráveis de todo o planeta quando a hecatombe financeira aportou às suas praias.

Economicamente falando, a África do Sul era puxada por duas atividades: agricultura e mineração.

Com terras férteis, fazendeiros habilidosos e uma mão de obra desumanamente barata, o país logo passou a vender de tudo para todos. A conta era simples: enquanto houvesse demanda global, haveria riqueza indo para o campo.

Dentro da terra – literalmente – a situação era ainda melhor: a África do Sul já se consolidara como a maior exportadora de ouro do mundo em um tempo em que era justamente esse metal que determinava o valor das principais moedas globais.

No sistema econômico então predominante em todo o globo – o chamado"padrão-ouro" – o dinheiro, em espécie, era apenas uma representação simbólica de uma determinada quantia de ouro. O que isso significava na prática? Que, para garantir o valor de suas moedas, os bancos centrais de todo o mundo precisavam, literalmente, estocar em seus cofres o equivalente em ouro de todo o dinheiro fisicamente impresso.

Para o líder inconteste na produção e exportação do metal, claro, não poderia haver situação mais confortável.

Até que veio a Grande Depressão de 1929.

Os efeitos começaram a ser sentidos no campo, com o sumiço em massa dos compradores externos, principal motor da economia rural. Entre 1925 e 1933, para citar dois únicos exemplos, as exportações de lã e de milho caíram, respectivamente, 75% e 80%. Em uma questão de meses, o desemprego explodiu e incontáveis negócios que dependiam da agricultura foram pulverizados.

Hipotecas de todos os portes deixaram de ser pagas.

Cofres dos mais variados bancos secaram.

Empréstimos e investimentos desapareceram.

Despejos passaram a ser comuns, cotidianos.

Mares de flagelados começaram ondas migratórias inéditas, superpopulando centros urbanos e ampliando a miséria por todo o país.

Atônitas, as lideranças políticas concentraram todas as suas apostas naquela que entendiam ser a alternativa mais óbvia para a recuperação: o ouro que parecia brotar infinitamente dos solos sul-africanos. Assim, medidas atrás de medidas foram tomadas para proteger e ampliar a indústria, baratear o processo produtivo e valorizar a cotação do metal. Enquanto as economias do mundo inteiro dependessem de um único insumo essencialmente dominado pela África do Sul, raciocinaram, vencer qualquer crise seria apenas uma questão de tempo e persistência.

Em 1931, no entanto, o Reino Unido, já sem alternativa para lidar com a Depressão, tomou uma decisão radical que mudou o curso da história: rompeu, em definitivo, com o sistema do padrão-ouro, adotando um modelo de câmbio flutuante conduzido essencialmente pelo próprio mercado.

Os britânicos não ficaram sós: igualmente desesperados por uma saída, diversos outros países seguiram o seu exemplo e, em pouco tempo, uma nova agenda econômica global estava não apenas posta em prática, como também empurrando os maus tempos cada vez mais para o passado.

Assim, de repente, bancos centrais de todo o mundo passaram a operar em um sistema em que comprar e estocar ouro não seria mais essencial ou mesmo importante.

E a África do Sul, que tanto dependia dessa dependência alheia? Insistiu.

Apavoradas com esse súbito abismo que parecia se abrir sob seus pés, as lideranças políticas locais preferiram manter a economia do país amarrada ao padrão-ouro na crença de que, eventualmente, o mundo inteiro voltaria atrás e o reintroduzisse como regra de mercado.

Foi uma decisão desastrosa.

Receosos de que essa insistência em um modelo já considerado ultrapassado fosse isolar totalmente a África do Sul do resto do mundo, muitos investidores simplesmente sacaram de lá grande parte de seus depósitos, secando de vez a já cambaleante economia. Para piorar, outros tantos investidores começaram a especular que, quando o país finalmente rompesse com o padrão-ouro – algo já considerado inevitável – as cotações locais despencariam vertiginosamente, aprofundando a catástrofe a níveis inimagináveis.

Resultado: se, para o mercado externo, a União da África do Sul havia se tornado tão cara quanto arriscada, para o interno, visceralmente dependente de exportações, a vida em si já beirava a inviabilidade.

Os Masterton-Smith eram um exemplo perfeito dessa típica tragédia sul-africana: sem se dar conta, como que da noite para o dia, se viram ferozmente empurrados para um precipício sem precedentes.

O primeiro empurrão veio justamente do próprio governo que, falido, parou de pagar pensões e aposentadorias como as de Harry Masterton-Smith, pai de Phil e de outros nove filhos.

Depois vieram as consequências diretas da Depressão sobre o negócio da família, o asilo de Bonnytoun, que acabou perdendo a quase totalidade de seus clientes para a inevitável inadimplência e teve que ser vendido.

Finalmente, como escassez de dinheiro em circulação também significa uma diminuição brusca na própria atividade econômica, encontrar um emprego fixo que garantisse um sustento mínimo, tapando de alguma forma os rombos orçamentários deixados pelo governo e pela perda do negócio da família, passou a ser uma fantasia quase pueril.

Aliás, o problema não era apenas encontrar emprego: era também, e talvez principalmente, conseguir mantê-lo.

Phil descobriu isso na pele, quando o Natal Witness, impactado pelas quedas na circulação, se viu forçado a incluí-lo em uma das tantas levas de corte de pessoal que inevitavelmente promovera.

No começo, Masterton-Smith fez o que todos os recém-desempregados costumam fazer: procurou vagas em empresas onde pudesse continuar desempenhando sua profissão.

Em Pietermaritzburg, no entanto, não conseguiu nada.

Decidiu então ampliar o seu raio de busca e bater à porta de jornais de outras cidades da região. Sem sucesso.

Abriu mão da busca por um emprego fixo e tentou pequenos bicos nas redações: nada.

Abriu mão do jornalismo e se prontificou a fazer qualquer coisa que rendesse o mínimo para que conseguisse se sustentar: nada.

Nada. Nada. Nada.

Incrédulo, passou a contar com pequenos favores de amigos para sobreviver; depois, partiu para a venda dos poucos bens que possuía; finalmente, se viu dependendo da solidariedade da própria comunidade.

Aos poucos, à medida que sentia a fome crescer, sua esperança se metamorfoseava em um angustiado desespero: não sabia mais o que fazer para se sustentar.

A vida, efetivamente, dá voltas impressionantes.

Em 1931, Phil Masterton-Smith era um jornalista em ascensão, um atleta reconhecido em modalidades que iam do boxe ao remo, e o campeão da lendária *Comrades*. Pouco mais de um ano depois, ele se via derrotado, desempregado e sem ter sequer perspectiva de conseguir o próprio sustento em uma província especialmente devastada pela Depressão.

Sem alternativa e envergonhado, escreveu para Harry, seu pai, pedindo apoio financeiro.

Semanas se passaram sem resposta.

Estava só, isolado, deprimido e, pela primeira vez na vida, sem saber o que fazer.

Ia aos correios todos os dias.

Fazia contas de quanto tempo uma carta levava para chegar de Pietermaritzburg à Cidade do Cabo e vice-versa.

Perdia-se no calendário.

Agoniava-se mais.

Finalmente, semanas depois, recebeu a resposta do seu pai: um envelope contendo dinheiro suficiente para que comprasse uma passagem de trem e se mudasse para a casa da família, na Cidade do Cabo. Havia também um bilhete:"Infelizmente, não temos meios para ajudá-lo aí em Natal, mas você é bem-vindo aqui. No

Cabo, certamente poderá conseguir trabalho mais facilmente – e poderá também nos ajudar bastante com as contas e com as crianças. Por favor, venha o quanto antes: estamos esperando você. Harry."

Devastado, Phil Masterton-Smith fez a única coisa que pôde: arrumou as malas, despediu-se da sua amada Natal e mudou-se para a casa da sua família, na distantíssima Cidade do Cabo.

Harry Masterton-Smith, pai de Phil

Cidade do Cabo, 7:00 da manhã do dia 14 de maio de 1933

Aos poucos, o sol começava a descongelar aquele domingo com raios que pintavam os céus da belíssima Cidade do Cabo de vermelho, amarelo, laranja e azul. Phil estava só na porta da casa da sua família, calado como sempre, olhando fixamente para a sua bicicleta, repensando o passado e represando uma energia colossal, feita de empolgação e ansiedade, enquanto imaginava o futuro.

Chegara ao Cabo no apagar das luzes de 1932 como um anônimo qualquer, mais um dos tantos flagelados da Economia que superlotavam os maiores centros comerciais do país em busca de sustento.

Chegara ainda mais devastado do que estava antes de partir.

E chegara já ansioso pelo dia em que conseguisse voltar.

Seu ânimo não melhorou nada quando entrou na casa da família e deparou com um cenário de desolação: tristeza generalizada, fome e uma poderosa desesperança que parecia emanar dos olhares de todos. Não descansou nem por um dia: horas depois de desfazer as malas, montou em sua bicicleta e voou até o centro do Cabo para procurar trabalho.

Levou semanas para conseguir algo mas, finalmente, acabou encontrando uma fonte minimamente estável de pequenos trabalhos e tarefas que pagavam o suficiente não para seu sustento, mas para sua sobrevivência.

Sentiu aquela fome branda, mas permanente, se transformar em estado de normalidade.

Testemunhou discussões severas, daquelas geradas por pura falta de esperança, entre seu pai e sua madrasta.

Fez de tudo para aliviar o sofrimento das duas pessoas que mais amava na vida, as irmãs Biddy e Jill, ainda crianças demais para encarar o mundo que cismava em ser tão aterrorizante.

Manteve-se são pelo suor: pedalava por toda a cidade, corria as trilhas da majestosa Table Mountain para espairecer e limpar a mente, ignorava qualquer necessidade de combustível para fazer os músculos operarem mais à vontade.

De certa forma, sua vida inteira nesses primeiros meses na Cidade do Cabo poderia mesmo ser resumida a estes pontos: trabalhar arduamente em qualquer coisa que se apresentasse como oportunidade, sentir fome, compartilhar a angústia da família, aliviar o sofrimento das irmãs, gerar endorfinas para não enlouquecer.

Era coisa demais para um jovem de apenas vinte e um anos... mas não havia outra alternativa. Àquela altura, era como se o Acaso, a pura sorte, determinasse cada dia da vida de Phil e de todos ao seu redor.

Ainda assim, por mais que mente e corpo estivessem tão constantemente ocupados, não havia um único dia em que ele não pensasse em alguma forma de estar em Pietermaritzburg a tempo da *Comrades*. Para ele, era muito mais que uma prova esportiva: correr a edição de 1933 seria a chance de Phil Masterton-Smith defender o seu título no percurso de descida, conquistado em 1931; de sentir novamente o gosto da popularidade; de revisitar e, quem sabe, recuperar um tempo em que ele fora tão plenamente feliz.

A *Comrades* não era apenas o seu sonho: era a sua quase alucinógena obsessão, um meio de transportar seu passado glorioso para um futuro incerto.

Assim, entre uma tarefa e outra, logo antes de dormir ou depois de acordar, Phil fazia planos e contas incansáveis para viabilizar a sua presença na linha de largada. Sempre em silêncio, claro: apenas o olhar distante, vez ou outra, dava à sua família pistas de que algo fora do comum se passava em sua cabeça.

Finalmente, no dia primeiro de maio – vinte e quatro dias antes da prova – Phil deparou com a inegável impossibilidade financeira de viajar: por mais que tivesse trabalhado duro por tantos meses, não fora capaz de juntar dinheiro o suficiente para sequer pagar a passagem de trem.

Tão logo ordenou essa conclusão em palavras dentro do seu cérebro, desesperou-se.

Tomou coragem e pediu dinheiro emprestado ao pai. Recebeu um grito como resposta imediata, seguido de toda uma série de insultos sobre o egoísmo que estaria cegando-o para a tão desesperadora realidade à sua volta. Não teve forças para discutir: no fundo, sabia que não faria sentido tomar dinheiro da sua família para realizar um sonho pessoal.

Por outro lado, sabia também que não suportaria não ir.

O que fazer, então?

Passou uma semana inteira cogitando alternativas, tentando outros empréstimos com os novos amigos que fizera no Cabo, medindo cada mínima possibilidade de vencer os mil e setecentos quilômetros de distância que o separavam da linha de largada.

Finalmente, enquanto pedalava até o trabalho na quarta-feira, dia 10 de maio de 1933, teve um estalo: e se pedalasse até a *Comrades*?

Não conseguiu se conter: foi até a estação de trem e congelou-se em frente ao mapa da África do Sul. Havia três rotas possíveis: poderia seguir pelo litoral, fazendo um trajeto mais longo, porém com mais cidades grandes onde poderia conseguir abrigo e comida mais facilmente; poderia fazer uma espécie de linha reta, com menos cidades e mais montanhas (e, portanto, mais perigos); ou poderia ir pelo interior, desenhando uma espécie de linha negativada da rota litorânea e trocando o isolamento por um percurso nem tão montanhoso e nem tão longo. Passou os próximos dois dias pensando em qual seria a melhor rota, calculando cada dificuldade e facilidade, organizando mentalmente tudo o que precisaria providenciar e listando prós e contras de cada uma das possíveis decisões. Até que caiu em si.

Se quisesse mesmo chegar a tempo em Pietermaritzburg, não poderia decidir, por si só, qual rota tomaria: precisaria improvisar e contar com uma ajuda do próprio Acaso – o mesmo Acaso que havia massacrado tanto a sua vida naqueles últimos tempos. A única decisão que teria que tomar era a lógica: seguir rumo ao leste.

Como? Na pior das hipóteses, de bicicleta. Na melhor, arrumando caronas pelo caminho. O percurso, obviamente, precisaria ser definido não por ele, mas pelos motoristas que encontrasse e que estivessem dispostos a ajudá-lo.

E toda essa saga agonizante de torturas mentais o havia feito chegar até aquele exato instante: estava hirto, observando sua velha bicicleta, levando apenas uma sacola com pertences mínimos, dinheiro o suficiente para comprar comida por cinco ou seis dias e muita, muita força de vontade.

Quando o dia havia clareado o suficiente, Phil Masterton-Smith sentou no seu selim e começou a pedalar rumo ao leste.

Deixava para trás meses de agonia.

Pela frente, tinha apenas a certeza de que enfrentaria a maior aventura de sua vida.

Cidade do Cabo, tarde de 14 de novembro de 2010

"Shooops!", exclamou John McInroy, em tom de cumprimento, para WP van Zyl.

Foi o suficiente para que ambos se conectassem e começassem a discutir sobre seus passados, seus presentes, suas expectativas de futuro.

Quando John – que, àquela altura, já havia aberto uma empresa para vender meias vermelhas como símbolo de conexão entre pessoas e seus sonhos – contou a história de Sidney Feinson, WP não conteve seu próprio entusiasmo.

"Então eu preciso lhe falar sobre o Unogwaja!", exclamou.

Ato contínuo, WP atropelou-se em narrar a lenda daquele atleta insensato, que decidira contrariar o próprio conceito de racionalização lógica ao pedalar quase dois mil quilômetros em busca do seu sonho.

Falou sem parar sobre tudo: a simbologia da *Comrades* naquele início de país, a dificuldade do percurso tão recheado de subidas e descidas, o peso da distância, o feito de se conseguir uma vitória em uma prova de quase noventa quilômetros, os tempos difíceis da Depressão, a decisão de cruzar a África de bicicleta apenas para poder largar em uma corrida.

Mas, apesar do entusiasmo, cada palavra narrada por WP se debatia contra o que parecia um muro de interrogações cimentado na face de John.

"É uma baita história", ele pensava consigo mesmo."- Mas que diabos isso tem a ver comigo?"

WP continuou: fantasiou as dificuldades que Phil deve ter encontrado enquanto cortava o país, narrou sua corrida de 1933, seu alistamento no exército, sua partida para o norte da África, sua morte precipitada por um morteiro nazista.

Sua morte.

Foi nesse momento da história que, finalmente, uma palavra fez a mágica de transformar as tantas interrogações em puras exclamações:"Tobruk".

"Tobruk?!", John perguntou, já dominado por uma superenergizada ansiedade.

"Exatamente!", respondeu WP."Phil morreu na mesma batalha em que o seu Sidney Feinson foi capturado! De certa forma, ambos dedicaram suas vidas a enfrentar os seus medos e a partir em busca dos seus sonhos – mas a história de um terminou precisamente no ponto em que a do outro se iniciou!"

O Acaso e suas sincronicidades, às vezes, acabam unindo pessoas certas em momentos perfeitos para proporcionar as consequências mais impensáveis.

Foi precisamente o caso.

WP já estava, àquela altura, obcecado pelo seu sonho de aventura.

John já começara a perseguir o seu, é bem verdade – mas sua predisposição em enxergar sinais onde a maioria das pessoas veria reles coincidências sempre foi superlativa. Para ele, portanto, a conexão entre Phil e Sidney passou instantaneamente a ser tão óbvia quanto o poder somado dos seus dois legados.

John, aliás, já decidira deixar de considerar as histórias de Phil e Sidney como narrativas estanques, isoladas uma da outra, no exato instante em que a palavra"Tobruk" saíra da boca de WP. Para ele, a partir dali, todos – Phil Masterton-Smith, os soldados das meias vermelhas, Giovanna Freddi, Don Angelo Pusineri, Ian Symons, WP van Zyl, Simon Haw, o próprio John e outros que fatalmente apareceriam com o passar dos dias, dos meses ou dos anos – eram personagens de uma única história.

E qual o seu sentido? O que essa história tão repleta de adversidades, coragens, coincidências, acasos e entregas provava?

Que o caminho da felicidade passa, necessariamente, por seguir os mandos e desmandos do coração, por mais irracionais que às vezes pareçam ser, entregando-se à fé cega de que, eventualmente, tudo fará sentido.

Naquela mesma noite, os três amigos decidiram dar corpo a esse emaranhado de sonhos e fundar o que acabaram batizando de"Desafio Unogwaja": trajando as meias vermelhas que os conectariam aos espíritos dos seus heróis atemporais, refariam todo o caminho de Phil Masterton-Smith, pedalando da Cidade do Cabo a Pietermaritzburg em dez dias e, em seguida, correndo a *Comrades* no décimo primeiro, com o objetivo de provar ao mundo que não há adversidade capaz de vencer a dose certa de força de vontade.

Nos dias seguintes, dois outros atletas se juntaram ao grupo: Paul Blake, amigo de John dos tempos do hockey, e Lourens van Zyl, irmão de WP.

A data escolhida para a partida: 10 dias antes da próxima *Comrades*, cuja largada estava marcada para o dia 29 de maio de 2011.

Cidade do Cabo, madrugada de 19 de maio de 2011

Aos poucos, o sol começava a descongelar aquela quinta-feira com raios que pintavam os céus da belíssima Cidade do Cabo de vermelho, amarelo, laranja e azul. John estava acompanhado do que parecia ser toda a multidão do mundo e, inquieto como sempre, olhava para tudo e para todos repensando o passado e represando uma energia colossal, feita de empolgação e ansiedade, enquanto imaginava o futuro.

Ao todo, quatro atletas largariam para redesenhar o percurso que Phil Masterton-Smith fizera há quase oitenta anos: ele, WP van Zyl, Lourens van Zyl e Paul Blake. Simon Haw, talvez o grande responsável pela conexão que servira de ignição ao desafio como um todo, acabara desistindo logo nos primeiros dias da organização por causa de compromissos pessoais.

John lembrou-se de quando contou ao seu pai, Stoff McInroy, sobre a jornada que tinha em mente.

"Mas... eu nem sabia que você corria!", respondeu Stoff logo que ouviu os planos."E de bicicleta? Você sabe o que é pedalar tantos quilômetros?"

A resposta foi uma só:"não".

Em verdade, nem John, nem os outros três membros do time, faziam ideia de como viabilizar aqueles planos todos.

Ainda assim, se deixaram guiar pelas suas forças de vontade.

Iniciaram treinamentos intensos.

Contrariaram todos os amigos e conhecidos que garantiram ser impossível colocar um feito daqueles em prática em apenas seis meses.

Desenharam uma rota que parecia razoável.

Decidiram ir além do já nobre ato de inspirar o mundo com seu feito e usar o desafio como ferramenta para arrecadar dinheiro para comunidades carentes.

Conectaram-se ao Pink Drive, uma das organizações de caridade vinculadas à *Comrades*, declarando a intenção de atuar em benefício dela.

Buscaram possíveis patrocinadores a partir de suas próprias possibilidades e usando os seus próprios contatos.

Conseguiram que a AVIS e a Toyota emprestassem dois carros de apoio.

Conseguiram uma equipe de suporte disposta a acompanhá-los pelos onze dias.

Conseguiram bicicletas – que eles sequer tinham – junto à KTM.

Conseguiram apoio da 32Gi, empresa de suplemento alimentar esportivo.

Conseguiram palestras para divulgar o projeto.

Conseguiram visibilidade.

Conseguiram apoio.

Conseguiram doações de pessoas físicas que se identificaram tanto com a causa quanto com a aventura.

Estavam, em tese, prontos para ir.

Em tese. Na prática, os já autodenominados Unogwajas tinham todas as ferramentas à mão, mas nenhum plano prático, efetivo, que as unisse. Estavam equipados, treinados e motivados – mas só. Onde dormiriam durante o desafio? A rota que traçaram essencialmente com base em um mapa e algumas conversas era mesmo segura? Como fariam para se reabastecer? De quanto em quanto tempo precisariam parar para se recompor?

Àquela altura, eram perguntas demais. Assim, faltando apenas duas semanas para a largada de bicicleta, um John McInroy desesperado ligou para seu pai, Stoff – que morava em Londres – pedindo ajuda.

Por sorte, a ajuda correspondeu: Stoff voou quase que imediatamente para a Cidade do Cabo, a partir de onde tomou para si a responsabilidade de conectar todos os pontos e viabilizar a jornada.

Em apenas dez dias, ele reviu e ajustou a rota traçada pelo time, organizou os pontos de descanso no caminho, montou os planos alimentares gerais, estruturou o papel de cada apoio envolvido, previu e planejou como agir nos momentos de tensão, rascunhou planos alternativos em sua mente caso tudo desse errado.

Se aqueles quatro atletas de meias vermelhas eram a face oficial do Desafio Unogwaja, os símbolos da capacidade humana de realizar sonhos e mudar mundos a partir da própria vontade, Stoff transformara-se na espinha dorsal, na força logística necessária para minimizar a necessidade da sorte e aumentar as chances de sucesso.

Afinal, se não se pode controlar o destino e os acasos que costumam moldá-lo, pode-se ao menos tentar soprá-los rumo à direção certa.

Os quatro atletas entendiam isso perfeitamente, como ficava claro a cada troca agradecida de olhares e palavras.

Stoff também entendia seu papel – mas, ao invés de receber esses agradecimentos como se fosse a personificação do altruísmo, devolvia-os aos quatro em nome do presente de ter sido envolvido em uma aventura tão inesquecível e magnética quanto aquela. Fazer história singrando a África parecia-lhe seguramente melhor do que perambular pela aposentadoria na Inglaterra.

Antes de partir, todos decidiram falar, compartilhar, se abraçar. Marcavam-se no espaço-tempo, pontuavam a nova vida que estavam criando, significavam os legados antes desenhados apenas em seus sonhos.

Percebiam, por vezes com lágrimas presas no esôfago, as consequências do que eles estavam prestes a fazer. Do que já haviam feito.

O desafio havia assumido um porte tão inesperadamente grande que até o Presidente da *Comrades*, Peter Proctor, decidira viajar até a Cidade do Cabo para proferir um discurso de boa sorte.

E não fora apenas a face oficial da mais lendária ultramaratona do mundo que aparecera para inspirá-los na despedida: familiares, amigos, jornalistas e apoiadores anônimos formaram uma comitiva que nenhum deles jamais poderia ter imaginado possível seis meses antes.

Enfim, depois que todos os discursos e desejos foram devidamente exalados, os quatro encaixaram-se em seus silêncios cúmplices, montaram em suas bicicletas e, em uma fração de instante, transformaram aquele momento em passado.

Seguiam, em suas imaginações, o mesmo percurso que Phil Masterton-Smith traçara quase oitenta anos atrás, passando por Robertson, Calitzdorp, Willowmore, Graaf-Reinet, Cradock, Lady Frere, Maclear, Kokstad, Richmond, Pietermaritzburg. Sabiam que, na prática, não havia como ter certeza de que o Unogwaja original seguira por aquela rota – simplesmente não havia registro da sua jornada através da África. Mas isso importava pouco.

O que mais importava a todos era o orgulho de terem conseguido largar, a certeza de que eventualmente conseguiriam chegar e a segurança de que, a partir daquele momento – da mesma forma que Phil – estariam mudando as suas vidas para sempre.

Robertson, cinco da tarde de 14 de maio de 1933

Phil Masterton-Smith não podia reclamar da primeira parte da sua jornada. No total, pedalara apenas cerca de trinta quilômetros para fora da Cidade do Cabo quando deparou com uma caminhonete que parecia seguir no mesmo sentido que a sua bússola.

Explicou-se ao motorista – um fazendeiro das proximidades – e conseguiu dele não apenas carona, como também casa para dormir e comida para saciar a fome. Não que Van Heerden – o fazendeiro – tivesse entendido aquela conversa sobre uma corrida chamada *Comrades* a quase dois mil quilômetros de distância. Em verdade, nunca sequer ouvira falar da prova e apenas se compadecera do que parecia a personificação da ingenuidade.

"Você pretende mesmo chegar assim, apenas com sua bicicleta, lá em Natal?", perguntou.

"Sem a menor sombra de dúvidas", ouviu de imediato."É lá que está o meu destino."

Embora fraca, a voz de Phil havia assumido um timbre tão decidido, tão carregado de certezas, que o fazendeiro não perguntou duas vezes.

Seguiram viagem em silêncio e, em poucas horas, chegaram à sede da fazenda, onde Phil pôde comer, tomar um banho e ajudar com algumas tarefas como forma de produzir seu agradecimento.

"Se todos os dias forem assim", pensou naquele final de tarde,"chegarei à largada em melhor forma do que jamais estive."

Os dias, no entanto, não foram todos assim.

A 34km de Ladismith, por volta das 3:00 da tarde do dia 15 de maio de 1933

Àquela altura, Phil estava só, no meio do nada, com a correia de sua bicicleta estourada, uma fome devastadora e toda uma família de babuínos olhando para ele.

Quando saíra de Robertson, tudo parecia perfeito: estava alimentado, descansado e ainda mais empolgado do que quando começara. Partira nas primeiras horas do dia, quando o sol já dava as suas graças, com a sensação de que percorreria facilmente mais de 200 quilômetros.

Ledo engano.

Na prática, os problemas haviam começado poucas horas depois da sua partida, quando a imensidão solitária da estrada começou a deixar claro que uma nova carona ali, naquele ermo, seria muito pouco provável. Sem alternativa, Phil seguiu adiante, deduzindo que não teria nada exceto a paisagem aberta à sua frente e a noite que, embora ainda distante, se aproximava a passos lentos pelas costas.

A noite era seu maior temor: sob o manto frio da escuridão, quase todos os grandes predadores da África, como leões, leopardos e hienas, caçavam.

Ser refeição não estava em seus planos.

Metódico, já havia traçado um plano detalhado para a rota do dia: costearia as montanhas de Langeberg-Oos e depois subiria no sentido nordeste até, pelo menos, Ladismith. Seriam muitos, muitos quilômetros a ermo – e nada poderia dar errado.

Phil subiu morros, desceu encostas, cruzou pequenos vilarejos e manteve-se metronomicamente ritmado, de certa forma emulando a mesma estratégia que sempre usara na *Comrades*. A *Comrades*, no entanto, era um ambiente controlado: se tudo desse errado, o máximo que poderia acontecer seria ele perder a prova.

Ali, no interior do Cabo Ocidental, Phil poderia perder a vida. Mas procurava não pensar nisso: concentrava cada grão de energia no pedal, buscando manter-se a uma velocidade nem muito agressiva nem muito lenta – o suficiente, ao menos segundo os seus cálculos, para chegar a Ladismith antes do pôr do sol.

Mas de repente, em uma descida irrelevante, pequena demais sequer para ser chamada de desafio, a correia da bicicleta estourou e presenteou Phil com um de seus piores pesadelos: a necessidade de encerrar a pedalada no meio do caminho, entre o nada e o lugar nenhum.

Já havia rodado por horas e, pelos seus cálculos, estava relativamente próximo de seu destino. E, sim, estava mais cansado do que previra antes de começar o dia – mas a descarga de adrenalina trazida pelo imprevisto fora tamanha que nem um único músculo simulava algo sequer próximo de dor.

Olhou para o céu, imensamente azul, como que conscientemente dizendo que ainda havia tempo. Olhou a estrada à sua frente, subitamente mais assustadora do que parecia há apenas minutos. Olhou para a família de babuínos, curiosa para saber se aquele viajante trazia algum tipo de comida consigo.

Não havia tempo para pensar: Phil tomou a sua bicicleta pela mão e começou a caminhar no ritmo mais forte que conseguia.

Tentou apertar o passo e correr: desistiu. A carga era pesada demais e, se gastasse toda a sua energia ali, no segundo dia, dificilmente chegaria inteiro a Pietermaritzburg.

Seguiu andando e suando, parte pelo esforço e parte pelo medo que crescia a cada milímetro que o sol se aproximava do horizonte.

Todos os sons do mundo pareciam se fazer presentes naquele instante prolongado. Ouviu urros ao fundo. Ouviu grunhidos de resposta. Sentiu ecos de vento com os pêlos do braço permanentemente eriçados.

"Um passo após o outro", pensou para si mesmo, "e chegarei".

De todos os caminhos possíveis, escolheu o que agora lhe parecera o pior: mais montanhoso, menos reto, mais difícil. Mas talvez "escolha" tivesse sido uma palavra forçada: em verdade, apenas seguira o plano original de rumar no sentido leste até que o Acaso providenciasse uma ajuda.

E o Acaso já providenciara a carona até Robertson, em uma fazenda praticamente na beira da estrada até Ladismith. De lá, seguira no percurso mais óbvio: passaria por Ladismith, Willowmore, Graaf-Reinet, Cradock, Lady Frere, Maclear, Kokstad, Richmond. E chegaria a Pietermaritzburg.

Já havia até concebido um plano, deixando para o último dia o trecho mais curto do caminho com o objetivo de descansar pernas e mente para a grande largada.

Havia pensado em tudo.

Até mesmo naquela situação, verdade seja dita. Lançar-se pelo meio da África de bicicleta e nem cogitar a possibilidade de intempéries, afinal, seria de uma ingenuidade imperdoável.

O problema é que imaginar funciona como um livro: consegue-se entender o medo que provavelmente se terá, mas jamais senti-lo de verdade.

E, naquele momento, medo era tudo o que Phil mais sentia. Medo de não conseguir chegar a Ladismith antes da noite, de desaparecer nas paisagens africanas, de ser devorado por bichos e pesadelos.

"Deveria ter saído mais cedo", pensou consigo mesmo.

"Mas como, se comecei a pedalar com os primeiros raios do sol?", respondeu-se, irritado.

Olhou novamente para o lado: a família de babuínos continuava lá. Não sabia se era a mesma, se havia sido seguido ou não. Apenas constatava a presença daquele bando silencioso, curioso, que parecia se mesclar à paisagem aterradora do pôr do sol.

Pôr do sol.

Os cheiros já começavam a mudar: havia algo mais selvagem, ao mesmo tempo seco e suave, embalando as narinas. Era o mesmo cheiro dos seus treinos em Pietermaritzburg, só que mais carregado de adrenalina.

Apertou o passo.

Os babuínos permaneciam ali, onipresentes, como se ele não estivesse se movendo.

Irritava-se.

Ao fundo, o eco de uma gargalhada parecia zombar de sua situação.

"Hienas", foi tudo o que ele conseguiu pensar.

A cada minuto que empurrava a bicicleta, sentia a mente pregando-lhe peças. Ouvia passos logo atrás de si e olhava: era apenas o vazio, a sombra do seu próprio medo.

"O vazio fica sempre alto demais quando se está com medo", pensou."Preciso me controlar."

Sentia a África ser-se a si mesma, transformar-se de terra de destemidos desbravadores em terra de animais selvagens.

Sentia-se presa sendo caçada.

"Unogwaja", pensou com um pingo de ironia."Nunca um apelido havia se encaixado de maneira mais perfeita a uma situação. Sou mesmo uma lebre perdida."

Ouviu um barulho no mato.

Olhou para trás: nada. Só o silêncio que parecia ter imediatamente se artificializado.

"Seria apenas o vento?"

Seguiu adiante.

Atrás de si, no final de sua sombra já tão intensa quanto a noite que chegava, os passos começavam a se mostrar mais e mais constantes.

"Será que minha mente está me pregando peças? Ou será que meus ouvidos estão me alertando?"

Olhou pelo ombro: os sons pararam novamente. Tudo, absolutamente tudo estava imerso no mais profundo e congelante silêncio.

Virou-se e continuou.

Mais passos.

Olhou para trás, já quase tomando posição de combate: nada.

Voltou-se para a frente.

Andou quase correndo.

"Preciso ter calma", disse para si em alto e bom som, cortando o silêncio.

"Calma."

"Calma!"

Mas um súbito barulho indefinido, alto, assustador, lançou longe qualquer resto de razão que habitava sua mente.

Desistiu de pensar: correu por instinto, carregando a sua bicicleta, com todas as forças que conseguiu extrair do seu próprio medo. Sua mente ouviu os passos raspando em suas pegadas, ouviu o resfolar das respirações dos predadores, sentiu-se presa lutando desesperadamente pela sobrevivência.

Quis olhar para trás: não conseguiu. Àquela altura, era só velocidade.

Correu como nunca em toda a sua vida.

Em um determinado momento, decidiu entregar-se ao Acaso: fechou os olhos e continuou cegamente, crente de que estava vivendo seus últimos momentos.

Tropeçou.

Caiu.

Ficou ali, imóvel no chão, como que conferindo se estava ou não sendo devorado.

Nada: apenas o silêncio.

Quando ergueu o pescoço, viu uma porta se abrir: sem se dar conta, havia tropeçado na varanda de uma casa.

Estava salvo.

Entre Ladismith e Graaf-Reinet, 16 de maio de 1933

Phil passou boas horas rindo, aliviado, naquele terceiro dia de jornada.

Revivia a cena repetidas vezes: lembrava-se do momento em que a correia havia estourado, do pânico nos intermináveis quilômetros até a cidade, dos passos perseguindo a sua sombra, dos babuínos, da noite cobrindo as montanhas de terror, do tropeço na varanda, da porta se abrindo, do cano de um rifle mirando seus olhos ainda zonzos.

O rifle.

Quando Frederick Coetzee ouviu o barulho na frente de sua casa, imaginou toda uma gama de possibilidades que variava de ladrões a animais selvagens querendo digerir sua pequena – mas vital – criação de avestruzes. Sua reação, claro, havia sido óbvia: saltou para dentro de suas botas, pegou a arma e foi imediatamente conferir o perigo que rondava sua casa.

Tomado pelo tipo de ira destemida que apenas os animais territorialistas costumam sentir, Frederick se acalmou apenas quando deparou com um jovem caído no chão, debatendo-se no próprio pânico, ao lado de uma bicicleta imunda e de uma sacola que despejava seus poucos pertences pelo chão.

Baixou a arma. Estendeu a mão. Abriu os ouvidos.

Estava curioso.

No começo, não acreditara naquela história de cruzar a União da África do Sul de bicicleta apenas para participar de uma corrida na ainda tão distante província de Natal. Era aventura demais para a cabeça de um velho fazendeiro que, afinal, estava já exausto de lutar para manter a propriedade da família naqueles tão tenebrosos anos de crise. Para ele, não se tratava de perseguir um sonho: tratava-se de insistir em um objetivo supérfluo enquanto todo o país se empenhava, com todas as suas energias, em simplesmente sobreviver.

Mas, com o tempo, enquanto Phil despejava seus sonhos sobre a mesa de jantar da família Coetzee, o velho fazendeiro, sua esposa, seus seis filhos e noras, e sete netos, foram lentamente sendo tomados pela empolgação. Era uma quebra, para dizer o mínimo, daquela rotina tão severa de trabalho que caracterizava o cotidiano de todos na região, que fazia gente levar vida de bicho e se esquecer de que, no fundo, o grande diferencial da existência humana é justamente a capacidade de compartilhar histórias.

E assim, de conversa em conversa, Phil acabou conseguindo não apenas uma cama para passar a noite, como também uma correia nova de presente e uma carona até a cidade de Calitzdorp, cerca de cinquenta quilômetros para o leste onde, por pura coincidência, Frederick tinha negócios a tratar na manhã seguinte.

Quando chegou ao centro da cidade, ainda nos primeiros raios da manhã, se aprumou, montou em sua bicicleta e seguiu, reenergizado, rumo à sua próxima parada: Willowmore. Da mesma forma que no dia anterior, não seria um percurso muito movimentado – mas ele poderia ao menos contar com Oudtshoorn, uma cidade maior, e De Rust, uma vila mais ou menos no meio do caminho, onde poderia comer e completar sua viagem.

Teve sorte: precisou pedalar apenas cinquenta quilômetros até conseguir, nos arredores de Oudtshoorn, uma nova carona que o levaria até a entrada de Willowmore.

Quando chegou ao centro da cidade, conferiu os bolsos: apesar de ter levado consigo muito pouco dinheiro desde que saíra da Cidade do Cabo, as pessoas que encontrara até o momento haviam garantido comida e cama sem que ele precisasse efetivamente desembolsar nada.

Estava bem, recuperado do susto da noite anterior e com perspectivas muito mais administráveis para as próximas horas: comer em um restaurante qualquer e conseguir uma pensão para passar a noite.

E teria feito exatamente isso, não fosse uma conversa que escutara na mesa ao lado da sua menos de cinco minutos depois de sentar-se: um jovem casal estava prestes a seguir viagem até Graaf-Reinet, naquela mesma tarde, para ajudar na fazenda da família.

Seria perfeito: Phil mataria dois dias em um, conseguindo uma valiosíssima sobra de tempo para poder repor as energias.

Sem pensar duas vezes, foi até a mesa do casal, se apresentou e contou a sua história, pedindo carona até o destino final deles.

Assim como a família Coetzee, o casal Boshoff encarou a jornada de Phil quase com pena de sua ingenuidade. Mas, também como os Coetzee, eles logo foram contagiados com a empolgação e decidiram ajudar como podiam, oferecendo tanto carona quanto um quarto na casa da família, situada nos arredores de Graaf-Reinet, em uma região cujo nome não poderia ser mais representativo daqueles tempos: Vale da Desolação.

Phil prontamente aceitou, pagou a conta de todos como forma de agradecimento e se acomodou na parte de trás da caminhonete com sua bicicleta.

Antes de o sol se pôr estaria jantando confortavelmente na fazenda Boshoff, tendo economizado um dia inteiro de sua longa jornada.

Cradock, 17 de maio de 1933

"Se qualquer um me contasse a história desse dia", Phil pensou consigo mesmo na noite de 17 de maio, "eu certamente o chamaria de louco ou de mentiroso. Há momentos em que a nossa vida mais parece uma história de ficção escrita por um lunático em surto".

O Unogwaja deixara a fazenda dos Boshoff, como de costume, nas primeiras horas da manhã.

Teria, pela frente, um dia mais complicado que os habituais: apesar de a distância a ser transposta ser menor – cerca de cento e quarenta quilômetros – não havia nenhum tipo de povoamento entre Graaf-Reinet e Cradock, sua próxima parada.

Fez, portanto, o que tinha que fazer: pedalou incansavelmente, buscando manter-se em uma média de quinze quilômetros por hora para chegar até seu destino antes das três da tarde.

Conseguiu: às duas e quarenta da tarde já avistava a cidade ao longe, contente por ter completado o percurso sem maiores contratempos.

Era cedo demais para comemorar: por algum motivo qualquer, Cradock se mostraria um local muito menos receptivo do que os outros em que Phil estivera até aquele dia.

Já quando cruzou o centro da cidade com sua bicicleta, portando um ar orgulhoso de campeão dos campeões, um ar de quem estava vencendo o maior dos desafios da humanidade, ele percebera essa estranheza no ar.

Até aquele momento, sempre se sentira investigado por olhares curiosos, olhares que pareciam ansiosos por conhecer a história que havia embalado aquele estranho viajante até suas vistas. Em Cradock, um dos mais tradicionais centros comerciais da região – e, portanto, local especialmente atingido pela depressão econômica – não havia curiosidade: havia um misto de desconfiança com angústia fazendo cada semblante emanar uma espécie de mau agouro.

A felicidade de Phil com o ritmo que estava desenvolvendo até aquele ponto, no entanto, era tamanha que ele rapidamente ignorou essa percepção.

Ao contrário: entrou seguro de si na primeira pensão que encontrou e logo perguntou o valor de um quarto e de um prato de comida para saciar a sua já tão corrosiva fome.

Recebeu de volta um banho frio de realidade.

"Não temos vaga", respondeu, quase gritando, o mal-humorado proprietário."E não temos como alimentar indigentes. Saia daqui!"

Phil parou, sentiu o próprio cheiro, percebeu o estado lamentável de suas roupas e confessou a si mesmo que entendia o motivo de estar sendo confundido com um mendigo. Procurou explicar-se, desculpando-se pela própria aparência e contando sua história. Inútil: por algum motivo qualquer, o proprietário parecia quase que empenhado em não acreditar em uma única palavra sua.

Quando mostrou o dinheiro que carregava consigo com o intuito de comprovar a sua idoneidade, viu o já pesado clima estabelecido entre os dois se deteriorar por completo.

"De quem roubou esse dinheiro, seu ladrão imundo? Saia do meu estabelecimento agora!"

Phil indignou-se com a acusação e revidou com ataques diretos à sanidade mental do proprietário.

Este, por sua vez, sacou uma arma de trás do balcão e aumentou o tom dos gritos e insultos.

"Eu sei o que vocês querem! Vocês não vão conseguir me roubar novamente, seus rotos sujos! Vagabundos!"

Vocês? Phil chegou a olhar para trás para ver se havia alguém mais com quem ele estivesse falando. Nem nada e nem ninguém: os dois estavam a sós. Voltou-se novamente para o proprietário, que seguia aos gritos.

"É por causa de miseráveis como vocês que esse país não se recupera! Saia daqui antes que eu atire em sua testa e livre o mundo da sua raça!"

Phil forçava a voz fraca, rouca, protestando sua inocência e exigindo respeito à sua própria honra.

"Bandido não tem honra! Saia daqui agora, seu vagabundo miserável! Saia daqui antes que eu envie você diretamente para o inferno!"

Do lado de fora, pequenos grupos já se acumulavam para conferir o motivo de tanto barulho em uma pequena cidade habituada ao silêncio da depressão. Havia dedos apontados, cabeças balançadas em sinal de desaprovação, cochichos saltando entre bocas e ouvidos. Em um intervalo de minutos, o Unogwaja se transformara na fofoca do dia.

Finalmente, assustado com o prospecto de tomar um tiro, Phil deu alguns passos para trás e saiu da pensão.

Quando se virou para finalmente tomar outro rumo, já de frente para os olhares de Cradock, sentiu a sola da bota do proprietário empurrando suas costas.

"E não ouse aparecer novamente em minha frente!", ouviu, enquanto caía de cara no chão.

Ergueu-se por instinto, como que se aprontando para uma inevitável briga.

Viu o cano do rifle fixado entre seus dois olhos.

Desistiu.

Virou-se para trás: os olhares de desaprovação eram gerais, como que condenando-o unânime e sumariamente por um crime que, embora ninguém soubesse qual, todos já haviam julgado.

Não tinha alternativa: sacudiu a poeira do corpo, pegou a sua bicicleta que estava encostada na parede e, envergonhado pela cena, pedalou para longe de olhares e frases maldosas, engolindo a seco a sua revolta.

Phil acabaria rapidamente descobrindo que, se tem algo que corre mais rápido do que qualquer atleta, é fofoca em cidade pequena. No pouco tempo que tirou para se recompor e acalmar o próprio ânimo, a história de um maltrapilho que rondava a cidade em busca de confusão já havia percorrido cada um dos ouvidos de Cradock.

A primeira pensão em que ele fez menção de entrar, por exemplo, fechou as portas logo que o avistou do outro lado da rua.

Na segunda, a proprietária, com ar assustado, pediu desculpas, disse que não tinha nada de valor e exigiu que ele se retirasse dali o quanto antes, fazendo questão de falar o mais alto que podia para chamar a atenção de vizinhos e transeuntes.

Situações semelhantes se repetiram na terceira e na quarta pensões, até que Phil finalmente se deu conta de que havia perdido a chance de ter um abrigo decente para a irracionalidade coletiva da cidade.

Não levou mais muito tempo para que o humor de Phil se metamorfoseasse por completo: àquela altura, o orgulho com o qual havia entrado em Cradock já fora substituído por um sentimento amargo de injustiça e de derrota.

Sentiu a fome apertar, dando nós em suas entranhas.

Estava cansado.

Precisava comer.

Precisava dormir.

Foi a um mercado mais afastado e, ainda que sob mais olhares desconfiados, conseguiu ao menos comprar um pouco de comida.

Devorou o que pôde e sentou-se na calçada, pensando sobre seus próximos passos.

Naquela noite, acabou concluindo, não teria alternativa que não dormir na própria rua, sob a sombra da lua e à guarda do frio. Precisava, no entanto, de um local minimamente protegido: urbano o suficiente para não atrair grandes animais e distante o suficiente para não chamar a atenção de ladrões oportunistas.

Rodou pela cidade montado em sua bicicleta. Entrou e saiu de esquinas, vasculhou becos, investigou os arredores.

Depois de muito procurar, achou uma esquina que lhe pareceu perfeita.

Acomodou-se como pôde: deitou sua bicicleta no chão, abriu sua sacola e se cobriu. Dormiu.

Acordou poucas horas depois, ainda com tudo escuro, quando percebeu três vultos puxando seus pertences.

"Parem!", gritou Phil como pôde. Não teria conseguido completar a pronúncia da palavra se ela tivesse uma sílaba a mais: um forte chute no estômago roubara dele a pouca fala que já tinha.

Phil revidou, rolando até o canto, conseguindo espaço para se pôr de pé e descarregando seu punho de boxeador atrás da orelha de um dos ladrões em um nocaute instantâneo.

Atônitos, os outros dois – um alto e forte e outro baixo e magro – entraram na briga, iniciando um balé em que cada um tentava a sorte junto ao corpo do outro.

O ladrão mais forte pegou um pedaço de madeira e, por pouco, errou a face de Phil que, em seguida, o desarmou e o socou no estômago. Enquanto este se recuperava, o outro, o menor, conseguira acertar o nariz de Phil e derrubá-lo no chão.

Sem pestanejar, o assaltante menor jogou-se por cima do Unogwaja que, por pouco, conseguiu desviar e se colocar de pé novamente.

Mal se equilibrou e sentiu o punho do mais forte zunir pela sua orelha, errando por milímetros.

Revidou.

Desviou.

Bateu.

Apanhou.

Deixou um chute solto encontrar o ar.

Devolveu com uma rasteira.

Rolou no chão com o assaltante mais forte, volta e meia esbarrando ora no corpo inerte do primeiro que havia derrubado, ora na bicicleta que permanecia estirada no chão.

Entre socos, desvios e pontapés, os dois passaram o que parecia ser horas se enfrentando – até que o bandido finalmente conseguiu se desvencilhar e sair correndo.

Phil olhou em volta: no chão, havia apenas o corpo inconsciente do primeiro assaltante e a sua bicicleta, milagrosamente intacta. Foi quando se deu conta da ausência do segundo assaltante, o menor, que havia acertado seu nariz com o que parecia a força de um rinoceronte.

Olhou em volta mais uma vez."Minha sacola! Minhas coisas!", exclamou para si mesmo.

"Desgraçados!"

Phil não tinha tantos pertences assim: todo o sucesso de sua jornada, afinal, dependia da pouca carga em suas mãos. Por isso mesmo, o que tinha era extremamente valioso: algumas poucas mudas de roupa para enfrentar o frio e, acima de tudo, dinheiro para as suas necessidades de viajante.

Naquele momento, no entanto, tudo o que sobrara era a roupa que cobria seu corpo e – ainda bem – sua bicicleta.

Acalmou-se sozinho, ignorando o corpo inerte do assaltante inconsciente. Que opções teria naquele momento?

Ir à polícia, levando o meliante pela gola para forçá-lo a revelar o paradeiro dos seus comparsas? Que bem isso faria a ele, dado que provavelmente seria necessário pelo menos mais um dia inteiro naquele inferno até que seus pertences fossem localizados? Ficar ali, esperando que novos ladrões aparecessem para completar a tarefa dos primeiros e levar o seu bem mais fundamental, a bicicleta? Sair desesperado

143

em busca de abrigo no meio da noite? Se ninguém o ajudara durante o dia, quando tinha dinheiro e uma aparência minimamente saudável, quem o acolheria agora que estava sem nada e coberto de sangue?

Também não podia sair dali: a noite estava perigosamente escura e pedalar para fora da cidade seria o mesmo que multiplicar conscientemente o seu risco.

Fez, portanto, a única coisa que pôde: pegou sua bicicleta, pedalou até a porta da delegacia e ficou ali, sentado no banco do lado de fora, acordado, esperando o sol nascer.

Quando o sol nasceu, montou novamente em sua bicicleta, ignorou a fome e as dores do corpo e seguiu em silêncio até a sua próxima parada: Lady Frere.

Lady Frere, 18 de maio de 1933

Phil era um farrapo humano quando, doze horas e cento e setenta quilômetros depois, entrou em Lady Frere.

Ferido, exausto e faminto, estava a ponto de desistir de tudo.

Na rua, quase delirando, pediu indicação de alguma pensão nas redondezas, esquecendo-se de que não tinha um único tostão no bolso. Uma mão apontou para o norte enquanto uma voz rouca balbuciava qualquer coisa que ele não conseguia entender.

Seguiu caminhando na direção apontada, cambaleante, conduzindo sua bicicleta com as mãos.

Chegou aos pés de uma escadaria.

Olhou para cima: dois vultos brancos pareciam falar sobre ele.

Deu dois passos.

Sentiu suas forças correrem para fora de seu corpo.

À sua frente, os dois vultos pareciam agora acelerar em sua direção com os braços estendidos.

Percebeu a vista ficar turva.

Viu o céu e o chão alternarem-se em sua frente.

Soltou um suspiro seco, dolorido, intenso.

Apagou.

Lady Frere, de 19 a 20 de maio de 1933

Acordou às onze horas da manhã seguinte com um susto: não sabia onde estava e nem o que acontecera com sua bicicleta. Olhou em volta: uma enfermeira cuidava de outro paciente a três camas de distância. Tentou falar, mas o som de sua voz parecia não querer deixar a garganta. Acenou.

A enfermeira veio.

Aos poucos, ela explicou o que sucedera, contou que ele havia chegado severamente desidratado, ferido e fraco e que estava em recuperação, onde deveria permanecer por pelo menos mais um ou dois dias.

A voz de Phil voltou para pronunciar uma única palavra:"Impossível".

Tentou se levantar: estava dolorido, sentindo o rosto quebrado pela briga em Cradock e o corpo fatigado como nunca antes.

"Preciso chegar à *Comrades*."

Nem a enfermeira e nem qualquer outra pessoa do hospital havia ouvido falar naquela tal prova mítica de Phil – mas todos se emocionaram com a determinação do jovem que, àquela altura, já havia percorrido mais de mil quilômetros em busca do seu sonho.

Poucas horas depois de ele ter aberto os olhos e deglutido pratos de sopa que certamente poderiam ter alimentado todo um exército, percebia-se contando a própria história para toda uma equipe de enfermeiras e médicos que parecia disputar espaço em torno dele para ouvi-lo. Narrara cada detalhe da sua aventura com uma nitidez que nem ele mesmo acreditava – da derrota para Wally Hayward à vitória mais celebrada de sua vida, um ano depois; da mudança para o Cabo à decisão de pedalar até Pietermaritzburg em busca de um sonho; das boas almas que ajudaram com carona e comida aos passos que perseguiram sua sombra; da solidão do percurso ao assalto em Cradock.

Quando terminou, não conseguiu conter o cansaço: desabou no sono.

Acordou às cinco da manhã do dia seguinte.

Olhou para os lados: sua bicicleta estava inteira, tão limpa que parecia nova, encostada na parede. Ao pé da cama, percebeu uma nova sacola com duas mudas de roupa, um maço de dinheiro e um bilhete contendo apenas duas palavras:"Boa viagem".

Phil se levantou.

Estava ainda dolorido e cansado, mas inteiro.

Conferiu de novo o que parecia ser uma bênção divina.

Sorriu sozinho, agradecendo aos céus pela ajuda que, claramente, estavam finalmente dando à sua jornada.

Virou o bilhete de lado, pegou uma caneta que descansava sobre a mesa de cabeceira e escreveu uma única palavra para a equipe do hospital:"Obrigado".

Em seguida, arrumou as suas coisas e saiu porta afora conduzindo sua bicicleta no mais resoluto silêncio.

Ficou ainda algumas horas ali, sob o céu de Lady Frere, esperando a luz do sol.

Reviveu toda a sua história mais algumas vezes.

Olhou para trás. Sentia saudades do seu pai, da sua madrasta e, principalmente, das suas duas irmãs, Jill e Biddy.

Olhou para a frente. Entendeu que, ainda que longe das melhores condições, havia vencido já mais da metade do percurso.

"Agora", pensou para si mesmo,"é só uma questão de terminar o que comecei".

Quando a primeira luz do sol apareceu, Phil Masterton-Smith, o Unogwaja, montou em sua bicicleta e seguiu até a próxima parada: Maclear, última cidade antes de ele entrar na tão sonhada província de Natal.

Maclear, 20 de maio de 1933

Restavam cerca de cento e cinquenta quilômetros até a fronteira de Natal, sua"casa". Phil estava calmo, confiante e, apesar das dores e do cansaço, orgulhoso da aventura que havia percorrido até o momento.

Pedalava em silêncio, sentindo o frio soprar em seu rosto como se os céus quisessem acalmá-lo, incentivá-lo.

Pensava na equipe médica que o socorrera, oposto tão contrastante com o que vivenciara em Cradock.

Pensava no susto que seus amigos de Pietermaritzburg tomariam ao vê-lo ali, pronto para largar.

Pensava na linha de chegada da *Comrades*.

Pensava na vida, no futuro, no destino.

Estava, pela primeira vez em dias, sentindo-se imensamente feliz, calmo, seguro de que cada decisão que tomara até ali, mesmo as mais questionáveis, havia sido perfeita.

Dialogava com o vento.

"Por mais que planejemos com antecedência cada passo dado em nossa vida com todo detalhismo e meticulosidade possíveis", falou,"nunca conseguiremos chegar exatamente aonde imaginamos antes de começar nossa jornada. Há acaso demais no mundo para isso".

Prosseguiu tecendo suas próprias conclusões solitárias:"Talvez o importante na vida não seja mesmo o destino que buscamos, e sim os movimentos que fazemos para chegar até ele, essas sucessões de presentes e coleções de passados. Talvez essa seja a única forma de se viver: mantendo-se sempre em movimento, o mais vulnerável possível aos raios do Acaso".

Olhou para o lado: uma caminhonete emparelhara com ele.

Do banco do motorista, uma voz ofereceu carona.

Aceitou.

Antes das duas da tarde estava sentado na varanda de uma pensão em Maclear, já alimentado, contemplando a tão esperada província de Natal no horizonte.

Pietermaritzburg, 23 de maio de 1933

Vic Clapham Jr., filho do criador da *Comrades*, corredor nato e um dos melhores amigos de Phil, mal acreditou quando o viu ali, na porta da sua casa, com um sorriso no rosto, uma coleção de hematomas e esparadrapos, e uma bicicleta na mão.

"Phil? Como você chegou até aqui?", perguntou em tom de intensa exclamação, abismado e ainda incrédulo.

"Pedalando."

Phil narrou ao amigo sua jornada inteira, desde a Cidade do Cabo, usando todo o tempo do mundo não apenas para descrever o que encontrara pelo caminho como também o que descobrira sobre si mesmo e sobre a própria vida. Era a primeira vez no que parecia mais de uma década em que via um rosto amigo: desabafava como se cada palavra fosse filha do alívio com a felicidade.

Demorou-se especialmente nos últimos dias da jornada, depois que entrara em Natal.

"Fronteiras, Vic, são mais do que linhas imaginárias desenhadas em um mapa", falou em tom de aventureiro realizado. "São encontros geográficos de tempos diferentes, de mundos inteiros que mal se conhecem, que mal se sabem, que mal se percebem."

Parou, pensativo, e voltou a si mesmo para recontar seus últimos dias.

Já nos arredores de Kokstad, logo que atravessou do Cabo Oriental para Natal, a paisagem inteira mudara de forma quase abrupta.

As montanhas ficaram mais íngremes. O frio, mais intenso.

Os caminhos, recheados de pequenos povoados zulus e de cidades com alta densidade de miséria, deixavam claras as diferenças entre aquele mundo e o das fazendas verdejantes nos arredores do Cabo. Sim, o manto lúgubre da Depressão havia coberto a África do Sul inteira, de ponta a ponta – mas os efeitos nas províncias mais populosas e já naturalmente pobres, como Natal, eram de uma perversidade singular.

Fisicamente, tudo parecia mais difícil para Phil no percurso entre Maclear e Pietermaritzburg – e não só pelo cansaço acumulado no corpo. As passagens pelas montanhas, por vezes, eram tão íngremes e complicadas que pedalar se fazia impossível. Quando caminhava a passos mais lentos, por outro lado, sempre acabava cruzando com pequenos grupos de desocupados portando expressões tão nitidamente revoltadas com suas próprias situações e com olhares tão naturalmente predatórios que, temendo um novo assalto, Phil dobrava o empenho em cada músculo de suas pernas para acelerar o ritmo.

Considerando tudo, percorrera aqueles quase quatrocentos quilômetros restantes em parte com o coração, em parte com o estômago. Queria, ao mesmo tempo e com a mesma intensidade, fugir da sensação de perigo iminente e chegar a seu destino como se fossem duas coisas díspares; queria deixar o passado e chegar ao futuro, de preferência saltando o presente.

Mas Natal trouxe também sua dose de sorte, algo de que Phil sabia estar precisando.

Ele conseguira, por exemplo, diversas caronas facilitadas justamente pela maior quantidade de cidades e pessoas no caminho.

Também conseguira pensões com relativa tranquilidade e a custos quase inimagináveis de tão baixos, em grande parte porque, ali, seu nome e o nome da *Comrades* já eram mais familiares. Eram, afinal, tempos de miséria e desesperança – e ter um campeão da *Comrades* batendo à porta e pedindo abrigo depois de ter cruzado toda a ponta sul do continente em busca do seu sonho funcionava, no mínimo, como uma bem-vinda inspiração para todo mundo que ali vivia, esmerando-se para aguentar um dia depois do outro em meio a tanta dificuldade.

Inspiração.

Phil descobrira ali, também, a sutileza que essa palavra carrega. Enquanto estava lá, do outro lado do mundo, pedalando por Robertson, Ladismith e Graaf-

-Reinet, era visto como um louco ingênuo, provavelmente mais um dos tantos afetados pelas agruras da Grande Depressão.

Bastou uma fronteira para mudar tudo: quando cruzou do Cabo Oriental para Natal, quando o objeto do seu sonho – a *Comrades* – passou a ser reconhecido pelos outros, deixou de ser um louco e passou a ser um herói; deixou de gerar piedade e passou a inspirar.

"No final das contas", concluiu,"heroísmo não está em nenhum ato individual e solitário de coragem: está na percepção pessoal de grandeza suscitada nos olhares dos outros. Para mim, Vic, eu estava apenas atrás do meu próprio sonho; no oeste, na região do Cabo, eu era um louco perseguindo um objetivo pueril; no leste, em Natal, eu me transformei em um mito. E, talvez, todas essas interpretações sobre mim e sobre toda esta jornada estejam simultaneamente certas e erradas. No final, não existe verdade no mundo: existem perspectivas e opiniões sobre fatos costurados em uma história que alguém decide contar".

"Nós não somos o que julgamos ou queremos ser: somos as histórias que contam sobre nós."

Era esse entendimento do olhar alheio que mudava tudo para Phil, que o embalava nos quilômetros finais. Na última perna da sua viagem, aliás, entre Richmond e Pietermaritzburg, ele chegou a perder as contas de quantas vezes narrou a sua história para ouvidos que se acumulavam pelo caminho.

Quando, finalmente, o Unogwaja avistou a cidade de Pietermaritzburg, depois de quase mil e setecentos quilômetros de jornada, ele deixou a primeira e única lágrima de todo o seu percurso escorrer longa e lentamente pela sua face.

Havia chegado em casa.

Havia chegado ao ponto em que seu passado encontrava seu futuro.

Havia completado sua jornada.

Depois de algum tempo ali, observando o horizonte, pegou sua bicicleta e pedalou os últimos quilômetros até a casa de Vic Clapham Jr., seu melhor amigo.

Gazala, Líbia, 5 de junho de 1942

Phil se lembrou de toda a sua história naqueles infinitos instantes finais de sua vida.

Não chegou a vencer a *Comrades* de 1933 – mas também não se importou muito com isso.

Sua súbita chegada à porta de Vic Clapham Jr. havia gerado uma comoção quase sem precedentes em Pietermaritzburg. Atletas e torcedores apareceram para congratulá-lo, para ouvir suas histórias, para prometer uma torcida entusiasmada no dia seguinte. Sem pestanejar, os organizadores da prova oficializaram sua inscrição; os jornalistas locais, alguns dos quais seus antigos colegas do Natal Witness, correram para relatar seus feitos; a cidade inteira apossava-se, orgulhosa, da lenda do Unogwaja que acabara de nascer.

Mas Phil, àquela altura, já era outro. Estava tão resignadamente orgulhoso de si, tão satisfeito por ter chegado ao que considerava seu destino, que já mal se importava com o título de campeão. Queria, sim, completar o seu ciclo: queria correr, competir, ser encarado como uma lenda em movimento pelos seus colegas corredores.

E isso, verdade seja dita, ele foi.

Exausto, ainda cultivando seus ferimentos e com a musculatura em petição de miséria, o Unogwaja dominou o coração de toda a torcida até chegar em décimo lugar, com o tempo de oito horas e dez segundos.

O campeão daquela edição era outra lenda: Hardy Ballington, que venceria ainda mais quatro vezes e se tornaria um dos recordistas em número de vitórias da história da *Comrades* ao lado de mitos que ainda estavam por vir, como Wally Hayward (5), Jack Meckler (5), Bruce Fordyce (9) e Elena Nurgalyeva (8).

Mas aquela distante edição de 1933 não seria do atleta que cruzasse a linha de chegada primeiro: seria a do que mais se esforçara para estar na linha de largada.

E, de fato, se o nome de Phil Masterton-Smith aparece apenas com alguma discrição nos registros oficiais da *Comrades*, figurando como óbvio destaque apenas em 1931, ano em que venceu, o mesmo não se pode dizer de seu legado.

A lenda do Unogwaja eclipsou qualquer registro oficial: não apenas acompanhou a história de Phil por toda a sua vida como também sobreviveu a ele e dura até os nossos tempos, espalhando inspiração e perseverança África afora.

Mas é claro que, naquele instante, Phil não poderia imaginar o que aconteceria com ele e com o seu nome no futuro.

Àquela altura, enquanto aguardava a hora da sua morte nas trincheiras do Saara, Phil era apenas lembranças orgulhosas do seu passado.

Lembrava que, depois daquela edição, perdera por completo a vontade de competir na *Comrades* e nunca mais voltara à prova.

Lembrava-se de como fora recebido com um misto de ressentimento, preocupação e orgulho pela sua família quando voltou à Cidade do Cabo.

Lembrava como acabara conseguindo seu emprego de volta em Pietermaritzburg, em grande parte pelo peso que seu nome agora carregava, e de como conseguira reestabelecer a vida na sua amada província de Natal.

Lembrava como continuara movido pela própria curiosidade ao longo de cada pequena decisão de sua vida – incluindo a de testemunhar uma guerra real, o que acabou fazendo-o se voluntariar para a infantaria sul-africana.

Lembrava-se do treinamento relâmpago, da partida para o temido front, passando pelo Quênia e aportando nas areias escaldantes da Líbia.

Lembrava-se das dificuldades, do calor, da fome, do medo, das horas de desespero e de alívio.

Lembrava-se das saudades da família: do pai, da madrasta a quem aprendera a amar, de Jill e Biddy.

Lembrava-se da vida como se já fosse um velho, tamanhas as realizações que considerava ter tido e tantos mundos que julgava já ter visto.

Lembrava-se de absolutamente tudo.

Até que, esboçando um pequeno sorriso, fechou os olhos e esperou o mesmo fim que, um dia, jovens ou velhos, todos teremos.

Última carta escrita por Phil Masterton-Smith para sua madrasta, Pom, do front na Líbia 1

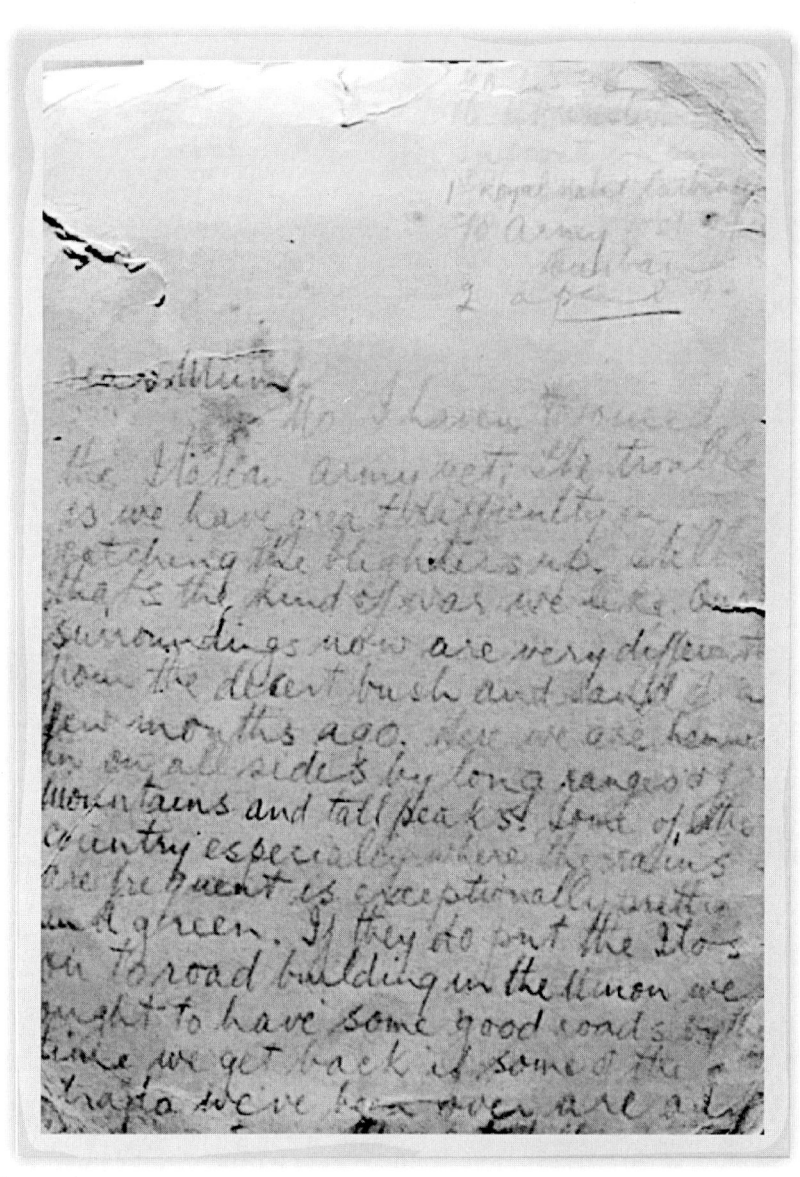

Última carta escrita por Phil Masterton-Smith para sua madrasta, Pom, do front na Líbia 2

UNIE VAN SUID-AFRIKA.—UNION OF SOUTH AFRICA.

KANTOOR VAN DIE OORLOGSREGISTERS
OFFICE OF THE WAR RECORDS,
HOSPITAALRESERWE,
HOSPITAL RESERVE,
VERDEDIGINGSHOOFKWARTIER,
DEFENCE HEADQUARTERS,
PRETORIA

Telegramadres / Telegraphic Address: "DEWAREC".
In antwoord haal asb. aan / In reply please quote
No. W.R. C 79/7730/K

14 JUL 1942

Dear Mr. Masterton-Smith,

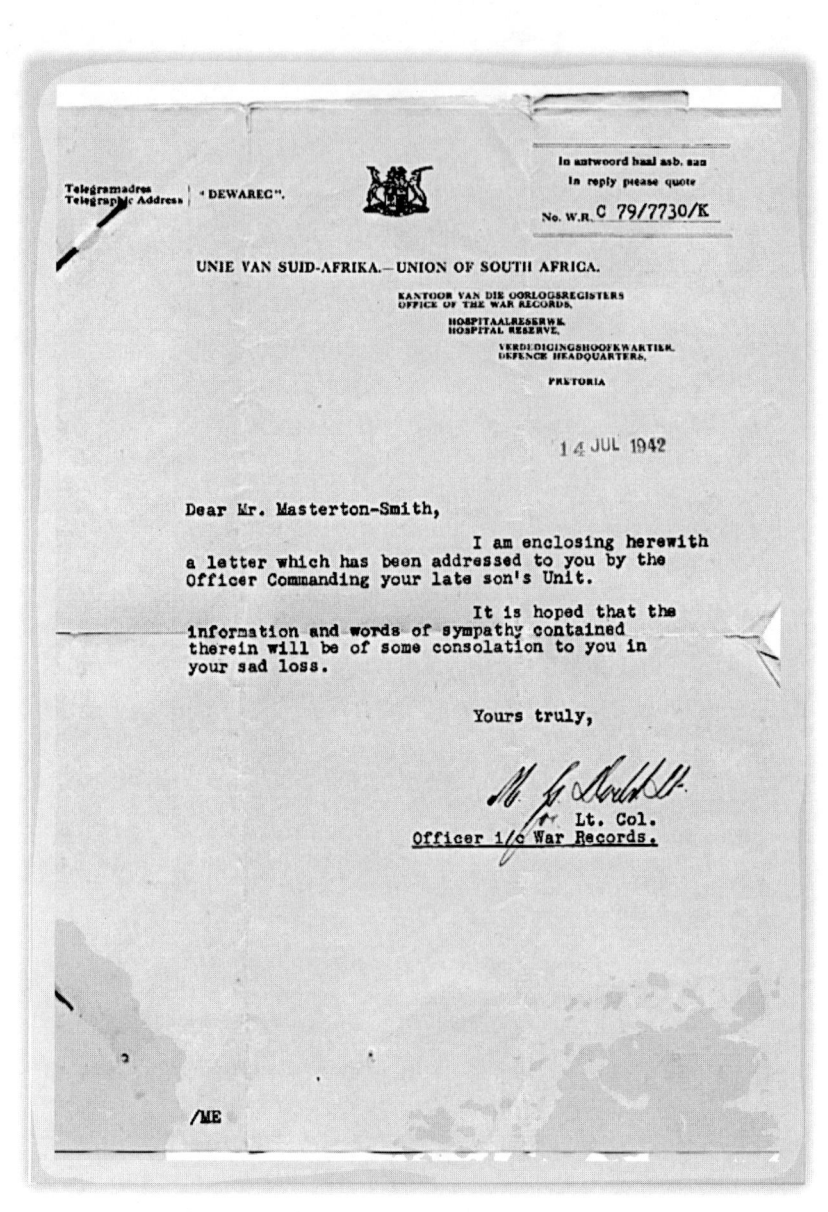

      I am enclosing herewith a letter which has been addressed to you by the Officer Commanding your late son's Unit.

      It is hoped that the information and words of sympathy contained therein will be of some consolation to you in your sad loss.

      Yours truly,

Lt. Col.
Officer i/c War Records.

/ME

Carta comunicando a morte de Phil Masterton-Smith

Pietermaritzburg, 6:00 da tarde de 29 de maio de 2011

Nunca, em todas as suas vidas, John McInroy, os irmãos van Zyl e Paul Blake poderiam ter imaginado a imensidão de dificuldades que esperava por eles quando deixaram a Cidade do Cabo de bicicleta.

Os dez dias de pedal emulando a jornada de Phil Masterton-Smith incluíram um total de quase dezoito mil metros acumulados de subida, massacrando suas musculaturas como jamais sequer julgaram possível.

Como todos os planos mais complexos, houve imprevistos sérios pelo caminho.

Houve a necessidade de improvisar um abrigo em uma das noites, quando o tempo se mostrou curto demais para que chegassem à cidade originalmente prevista como dormitório antes do anoitecer.

Houve granizo no meio da estrada.

Houve nevascas nas montanhas.

Houve uma lesão forçando um dos atletas, Paul Blake, a abandonar o desafio – e abalando severamente o moral dos três restantes.

Houve choros, risos, pequenas cumplicidades, grandes dificuldades.

Houve a adversidade que WP tanto buscava, a conexão metafísica pela qual John vivia, a entrega de inspiração para todos os tantos que acompanharam a jornada até a linha de chegada na *Comrades*.

Houve a *Comrades*.

Lá, antes da largada, a presença dos Unogwajas fora anunciada nos alto-falantes para todos os milhares de corredores presentes, iniciando ondas de aplausos que alcançaram decibéis ensurdecedores.

E lá, por onze horas, vinte e quatro minutos e cinquenta e cinco segundos, os três empurraram suas pernas mastigadas e corpos fatigados das ruas escuras de Durban até o estádio de Pietermaritzburg.

Mas não as empurraram sós: a mesma multidão que os aplaudira no início seguiu ovacionando cada um dos atletas ao longo de todo o percurso.

Foram, da mesma forma que Phil Masterton-Smith em 1933, embalados por gritos de"Unogwaja!", congratulados, aplaudidos, lendarizados.

Responderam a cada torcedor com gritos de"Shooops!".

Compartilharam com cada corredor que emparelhava com eles ao longo do caminho a história por trás das meias vermelhas, do poder do Acaso, da importância das adversidades, dos sonhos e das paixões.

Somaram mais densidade à história que herdaram dos seus heróis antepassados e que incumbiram-se da responsabilidade de continuar escrevendo.

E, imersos em algum estado próximo ao da hipnose, entre a exaustão completa e a realização aliviada, cruzaram a linha de chegada antes do tempo limite e marcaram, assim, o início de um novo legado.

Naquele ano de 2011, os quatro Unogwajas arrecadaram um total de 50 mil Rands – pouco mais de R$ 12 mil – para as instituições de caridade que decidiram apoiar.

Foi apenas o primeiro passo.

Em 2012, a primeira mulher, Miranda Symonds, somou-se ao grupo.

Em 2013, os primeiros atletas internacionais – um português e um irlandês – tornaram-se Unogwajas.

Em 2014, membros de países como Alemanha, Quênia e Brasil reforçaram ainda mais o processo de internacionalização do que já não era mais um evento, mas um movimento usando a inspiração como catalisadora de mudanças.

Desde então, atletas de dez diferentes nacionalidades já se envolveram no desafio. Considerando o time de 2018 – no qual eu me incluo – são sessenta e quatro atletas singrando a África de peitos abertos e meias vermelhas.

As meias vermelhas, aliás, consolidaram-se como símbolo máximo tanto do desafio quanto da conexão entre pessoas e seus sonhos, atingindo uma escala que dificilmente teria sido imaginada pelos três soldados que deram origem à tradição durante a II Guerra Mundial. Apenas entre 2011 e 2017, para se ter ideia, mais de 75 mil pares foram vendidos por todo o mundo, cada um deles revertendo-se em doações para instituições de caridade.

E a caridade, no final, acabou desenhando-se como real vocação do Unogwaja. Somando-se as campanhas individuais de levantamento de fundos dos próprios atletas e times de apoio nos primeiros sete anos do desafio, mais de R 5,5 milhões – o equivalente a R$ 1,3 milhão – foram arrecadados e investidos em cerca de dez instituições diferentes, impactando diretamente a vida de mais de três mil pessoas em condições de pobreza extrema.

Se já são números impressionantes por si só, seus contornos agigantam-se ainda mais quando se consideram as forças tão desrelacionadas, tanto no tempo quanto no espaço, que deram origem ao Desafio Unogwaja.

Forças, por exemplo, como a entrega completa de Phil Masterton-Smith ao seu próprio sonho, ignorando qualquer tipo de racionalidade ou frieza de pensamento que pudessem impedi-lo de enfrentar, sozinho, os quase mil e setecentos quilômetros de puro território selvagem em dez dias apenas para largar em uma corrida.

Ou como a incrível história envolvendo três prisioneiros de guerra, uma jovem de dezessete anos e um padre italianos arriscando as próprias vidas em nome de um sonho de liberdade durante a II Guerra Mundial.

Ou como a incansável busca de um dentista pela adversidade e aventura que ele considerava ferramentas essenciais para construir experiências memoráveis de vida.

Ou como a capacidade de um ex-atleta de hockey em enxergar conexões onde qualquer outro veria apenas fatos isolados, apartados, coincidentes.

Mas o mais embasbacante de tudo isso não é o conjunto de forças e nem mesmo as histórias decorrentes delas: é o grande protagonista oculto, o grande responsável por tê-las conectado e fundido em uma narrativa única, tão poderosa quanto atemporal: o Acaso.

Os quatro primeiros Unogwajas na chegada da Comrades 2011

John McInroy e Biddy Masterton-Smith

Epílogo

Não é que o Acaso seja a única força capaz de mover as engrenagens do mundo e da Vida – afirmar isso seria determinismo demais, seria o mesmo que vestir de irrelevância toda e qualquer decisão que qualquer um de nós jamais tomamos ou possamos vir a tomar ao longo das nossas existências.

Mas seu papel como propulsor de destinos, como parte-metade da engrenagem da existência, é inegável.

A outra metade, claro, é a que cabe a nós: o nosso próprio livre-arbítrio.

Eis, portanto, a Vida.

Ela sempre começa com o Acaso que, invariavelmente, abre bifurcações em nossos destinos, opções com as quais somos obrigados a lidar, deliberar, decidir. Acuados, nós eventualmente optamos por algum caminho, fazemos alguma escolha em relação a alguma realidade que nos é imposta: ficar ou partir, apostar ou desistir, tomar ou entregar. Essa nossa escolha individual, sobre o que quer que seja, inevitavelmente gerará consequências que, mais cedo ou mais tarde, mudarão a própria ordem do mundo: impactarão decisões alheias, afastarão ou aproximarão pessoas, gerarão ou ceifarão existências inteiras, agirão como o bater das asas da borboleta que simboliza toda a Teoria do Caos.

E então? Então, justamente a partir do mais profundo Caos, feito de toda uma mistura frenética de pequenas escolhas cotidianas com importantes decisões grandiosas tomadas por incontáveis pessoas, em incontáveis situações e por incontáveis lugares e tempos, emergirá um novo Acaso.

Esse novo Acaso poderá ser chamado de sorte por alguns, de azar por outros, de coincidência por muitos ou mesmo passar totalmente despercebido pela maioria. Mas ele será tão inevitável quanto seu destino: nos acuar de volta à zona de desconforto, nos apresentar novas bifurcações e exigir de nós mais uma escolha que mudará não apenas a nossa vida, como também todo o hiperconectado futuro da humanidade.

Tome a história de Phil Masterton-Smith, por exemplo. Foi justamente toda uma série de acasos e escolhas tomadas ao longo do tempo e do mundo que o empurraram, falido, para a casa da sua família, em 1933, a mil e setecentos quilômetros de onde desejaria estar. Depois disso, o Acaso voltara para apresentar-lhe duas opções simples: seguir a voz da razão e resignar-se à sua nova realidade, permanecendo no Cabo com sua família, ou obedecer ao coração e arriscar tudo em uma travessia inédita pelo selvagem continente africano em busca do sonho de correr a *Comrades* mais uma vez. Phil optou por seguir o coração: esculpiu a aventura da sua vida e entrou para a história.

Outra sequência de acasos e decisões, próprias e de terceiros, fez com que Sidney Feinson e seus dois companheiros de guerra fossem enviados para as trincheiras da Líbia, capturados pelos nazistas e despachados para o Campo de Concentração de Ferrera. Em seguida, novos acasos abriram caminho para uma oportunidade de fuga que, obviamente, mudaria as vidas dos três. Como no caso de Phil, os prisioneiros de guerra poderiam resignar-se à estabilidade da realidade, por mais árida que fosse, eliminando os picos de perigos decorrentes de uma possível fuga frustrada, ou lançar-se no mundo, arriscando tudo pela tão sonhada liberdade. Eles arriscaram e, com isso, colheram não apenas suas liberdades, como também histórias de vida que os transformaram, para o mundo e para eles próprios, em heróis imortais.

E WP van Zyl? Decidido a buscar uma adversidade que desse mais sentido à sua própria vida, caçou inspirações nas aventuras de terceiros. Por uma série de outras decisões e acasos absolutamente desconectados – as tais"coincidências" –, um desses terceiros que o inspiraram, Simon Haw, acabou cruzando o seu caminho e transformando-se em seu amigo.

WP compartilhou com ele a aventura que queria realizar.

Simon não apenas o incentivou, como também o convidou para planejar a jornada em um final de tarde qualquer no apartamento que ele dividia – coincidentemente – com John McInroy.

Lá, John McInroy o conhecera e compartilhara os acasos e decisões por trás da história das meias vermelhas que, àquela altura, já eram parte integrante da sua vida.

Lá, WP contou a história de Phil Masterton-Smith que lera, por acaso, em um livro antigo sobre a *Comrades*.

E lá, ambos refizeram os passos de seus heróis, Sidney Feinson e o Unogwaja, até – coincidentemente – a mesma batalha de Tobruk, na mesma II Guerra Mundial.

E ambos, por toda uma série de características pessoais, decidiram enxergar conexões no lugar de todas essas coincidências, criando o Desafio Unogwaja.

E o Desafio Unogwaja, por conta de outros tantos acasos que proporcionaram outras tantas escolhas de outros tantos atletas dos quatro cantos do mundo, acabou ganhando contornos potentes o suficiente para mudar, de maneira direta, a vida de milhares e milhares de pessoas.

Analisemos toda essa cadeia de eventos, agora, por outro ângulo: em que ela se traduz, por exemplo, para uma criança em situação de pobreza extrema abrigada em um dos lares apoiados pelos Unogwajas?

Em outro Acaso – um Acaso apelidado de"sorte" – que abre para ela novas oportunidades e opções de vida que dificilmente existiriam não fosse por esse projeto criado em 2011.

Projeto, por sua vez, que também não existiria se não fosse pelo encontro casual entre John McInroy e WP van Zyl.

Encontro que não existiria se ambos não estivessem imersos no sonho de continuar os legados espirituais de seus heróis.

Legados que, por fim, não existiriam se, naquele tão longínquo período entre 1933 e 1944, Phil Masterton-Smith e Sidney Feinson não tivessem decidido arriscar tudo em nome de sonhos maiores que as realidades que os limitavam.

Eis a Vida em movimento, vista do passado para o presente ou do presente para o passado.

Pode-se até alegar, é bem verdade, que a História só é avaliada, sempre, a partir das escolhas que efetivamente foram feitas. O que teria acontecido, por exemplo, se Phil Masterton-Smith tivesse escolhido permanecer no Cabo ao invés de cruzar a África? Ou se Sidney Feinson tivesse permanecido no Campo até o fim da guerra? Ou se John McInroy e WP van Zyl nunca tivessem se conhecido?

Muita coisa, para dizer o mínimo, teria sido diferente.

Para pior? Para melhor? A sequência cíclica de acasos e decisões é caótica demais para que sequer se possa arriscar uma resposta.

Uma coisa, no entanto, é inegável – e é aqui que mora a mais importante das conclusões: tendo sido como foram, as histórias dessas pessoas se destacaram, marcaram e inspiraram o mundo apenas porque elas decidiram ensurdecer-se perante a voz da razão e arriscar-se na realização dos seus sonhos.

Não fosse por isso, a excepcionalidade simplesmente inexistiria em suas biografias: todos teriam sido tecnicamente iguais aos bilhões de pessoas que rumam diariamente pelo globo buscando apenas a estabilidade da subsistência até os dias de suas mortes.

Não fosse por isso, protagonistas teriam sido coadjuvantes, ídolos teriam sido seguidores, indivíduos singularíssimos teriam sido parte de uma indefinível massa de gente.

Não fosse por isso, ninguém jamais teria se interessado pelas suas histórias – que, consequentemente, jamais teriam tocado tantas vidas.

E, no final, qual o sentido da vida senão aproveitar os acasos que nos chegam justamente para criar histórias que marquem, com os tons mais intensos da excepcionalidade, tanto as nossas próprias existências quanto as do mundo que nos cerca?

Se somos as nossas próprias histórias, por que não fazê-las tão singulares e inesquecíveis quanto os sonhos que, no fundo, todos queremos viver?

São Paulo, 13 a 16 de dezembro de 2017